ROBJAK

Ouais, ouais !

Édition : BoD · Books on Demand,
31, avenue Saint-Rémy, 57600 Forbach, bod@bod.fr
Impression : Libri Plueros GmbH, Friedensallee 273,
22763 Hamburg (Allemagne)

ISBN : 978-2-3225-5935-0
Dépôt légal : juin 2025

Chez soi ou ailleurs,
Un sourire ou un mot gentil
N'a pas de prix
Et nous touche au cœur !

Robjak - 2025

Jour 1, prologue.

Une fois n'est pas coutume, j'ai écrit cet ouvrage à la première personne et au présent, n'en soyez pas surpris. Oubliez un instant la morosité qui nous entoure et suivez-moi durant deux jours sur le salon du livre de Meximieux. J'ai regroupé dans cet ouvrage la plupart des questions que l'on m'a posées et des situations parfois cocasses que j'ai rencontrées au fil de ces vingt-trois dernières années, depuis mon premier salon en 2002. Toutes les saynètes que j'ai rapportées dans mon vingt et unième titre[1],« Ouais, ouais ! », ne se sont pas forcément passées à Meximieux, mais elles sont le reflet exact de ce que j'ai vécu, ici ou ailleurs. J'ai changé les prénoms de la plupart des personnes présentes dans cet ouvrage, mais nul doute qu'elles se reconnaîtront à sa lecture.

« Ouais, ouais ! » c'est ma philosophie actuelle, ma réaction par rapport à des situations parfois ubuesques, mon envie de croire sans grande conviction aux promesses faites par des visiteurs, mon étonnement pour leur refus d'écouter ma présentation des romans posés face à eux, mon agacement pour des prétextes bidons inventés pour ne pas m'en acheter. Bien sûr que chaque personne a des contraintes financières ou autres qui peuvent l'empêcher d'acquérir un livre, mais si je devais créer un bêtisier reprenant chaque parole

---

[1] Voir annexe 3 - Bibliographie

farfelue et chaque promesse non honorée, il aurait fallu beaucoup de pages…

« Ouais, ouais ! » je l'ai écrit pour vous, les vrais lecteurs, les amoureux des livres sous leurs différents formats. Je vous invite à m'accompagner à travers ces pages insolites, comme un ami invisible, que je tutoierai et auquel je m'adresserai avec des mots en italiques, pour faciliter la lecture et bien différencier notre échange de celui avec les visiteurs.

— *Ce sera pour toi inhabituel, peut-être déroutant au début, mais c'est un jeu, une complicité que je te propose. Je te souhaite une joyeuse lecture et un bon amusement !*

Jour 1, matinée.

Tout est calme pour l'instant. L'espace Vaugelas vient d'ouvrir ses portes aux auteurs, et quelques membres de l'équipe organisatrice s'affairent derrière le bar, mettant en route une énorme cafetière et rangeant délicatement des viennoiseries dans des corbeilles.

— Nous voilà arrivés sur place, pour mon deux centième salon du livre, mon douzième ici à Meximieux. Suis-moi, cher lecteur, je t'invite à passer quelques heures à mes côtés. Tu seras mon confident, invisible et muet. Je peux déjà te dire que j'apprécie l'accueil qui est offert ici à l'ensemble des écrivains, avec des paroles de bienvenue amicales, l'accompagnement de chacun jusqu'à sa table, de petits tickets papier donnant droit à une boisson chaude et à une viennoiserie. Dans d'autres lieux, il m'est arrivé de n'avoir aucune attention des personnes présentes au démarrage de leur salon, de devoir chercher seul mon emplacement, de découvrir un chevalet avec une erreur d'orthographe comme ROBJACK, ROBIAC ou encore Jacques ROBERT, pire Robert JACQUES dit Robjac. Tu ris, mais c'est la vérité et cela suffit parfois à freiner mon enthousiasme et mon envie de participer au salon. Enfin ici, jusque-là, c'est parfait. Je me sens bien, d'humeur guillerette !

***

Ma première réaction est, une fois mes valises posées à mon emplacement, de faire un rapide tour de la salle afin de découvrir en priorité qui seront mes voisins, puis si des auteurs amis seront présents et où ils seront installés. Rien de plus désagréable que de participer à un salon avec des voisins taiseux, souvent peu enjoués et les yeux rivés sur leur smartphone, ou avec des marchands de tapis parlant haut et fort, m'interrompant dans mes discussions avec des visiteurs pour leur vendre leurs livres. C'est un jour béni, je connais presque tous les participants et mes bêtes noires ne sont pas présentes. Je n'ai jamais rencontré Laurent et Kévin, mes voisins de droite et de gauche, ils me sont inconnus, mais je suis sans a priori. Inutile de rechercher leur profil sur les réseaux sociaux, je préfère me fier à mon propre jugement. C'est toujours enrichissant de découvrir de nouvelles têtes, de s'ouvrir aux autres et de partager nos expériences.

C'est le moment d'installer mon stand. Lors de mon inscription pour ce salon, j'ai eu connaissance que l'on pouvait bénéficier d'une grande ou d'une petite table, selon le nombre d'ouvrages exposés. J'ai opté pour la première, qui a un coût important : le mètre quatre-vingts qui m'est réservé suffit tout juste à la présentation de ma série policière du lieutenant Grange et de ma nouveauté « Ouais, ouais ! ». Je case tant bien que mal les derniers exemplaires qu'il me reste des titres précédents sur une seconde rangée, moins visible. Quelques amis arrivent, nous sommes contents de nous retrouver, nous nous annonçons nos nouvelles créations et nous faisons le point sur les salons précédemment fréquentés par chacun de nous. Notre discussion se poursuit ensuite au bar, en buvant notre café de bienvenue et en mangeant notre viennoiserie. Il reste encore une demi-heure avant l'ouverture officielle du salon. Mes voisins ne sont pas encore arrivés, mais je ne suis pas trop inquiet : des amis se sont déjà manifestés auprès de la responsable du salon, afin de m'entourer en cas d'absence des deux auteurs. Ces derniers arrivent enfin, l'air penaud. J'apprendrai plus tard qu'ils avaient covoituré et que l'un d'eux avait eu une panne d'oreiller.

***

Le salon de Meximieux ouvre officiellement ses portes, sans que j'aie eu le temps d'échanger la moindre parole avec mes voisins. Une fois leur installation terminée, leur café et leur viennoiserie consommés au bar, ils reviennent vers moi et se présentent. Ils ont l'air cools, celui placé à ma gauche écrit des romans pour la jeunesse, l'autre des fictions moyenâgeuses. Les premiers visiteurs passent l'entrée. Parmi eux, un jeune couple n'est visiblement pas venu pour parcourir toutes les allées de la salle, il cherche un auteur bien précis.

— *J'en suis sûr, ces jeunes ne viendront pas jusqu'à nous s'ils trouvent leur cible avant. Observe leur immobilisme face aux allées, leurs mouvements de tête de droite à gauche. Ça y est, ils ont trouvé leur bonheur, ils discutent avec Manon !*

Tandis que la visiteuse sort sa carte bleue, son compagnon feuillette un roman à la couverture très colorée.

— Je t'avoue que je serai bien surpris si ce couple passe devant chaque auteur. Tout au plus, il peut se pointer face à une seconde cible avant de partir !

En effet, une fois le livre acheté à Manon, le couple quitte le salon.

***

Un groupe de quatre personnes marche d'un pas décidé. Je l'observe un instant avant de m'adresser à mon compagnon invisible.

— Ces gars-là ne sont pas venus pour visiter le salon, regarde comme ils se déplacent vite, en plein milieu de l'allée, sans un regard à droite ou à gauche. As-tu vu leurs yeux immobiles, comme prisonniers d'œillères invisibles ? Sois rassuré, je connais ce comportement, ce n'est ni celui de casseurs ni celui de personnes intéressées par le salon. Inutile de les saluer, ils ne feront qu'entrer et sortir, peut-être découvrent-ils pour la première fois l'univers d'un salon du livre... Pour moi, ils correspondent parfaitement à ce que disent parfois des visiteurs curieux « je suis rentré parce que j'ai vu de la lumière ». Ne ris pas, je les plains. Ne sois pas déçu du peu de fréquentation, les vrais visiteurs ne sont généralement pas très matinaux. Durant la journée, tu découvriras peut-être des situations cocasses, tu entendras certainement des

phrases ou des questions dignes de figurer dans un bêtisier. Ce sont ces saynètes et ces dialogues impromptus qui agrémentent ma journée, qui me créent parfois une révolte ou un doute et m'entraînent à penser « ouais, ouais ! ». Tu verras aussi combien certains lecteurs sont fidèles à leur auteur, du moins temps que ce dernier ne les déçoit pas !

***

La matinée se déroule sans effervescence, les visiteurs sont peu nombreux. Les organisateurs déambulent dans les allées, discutent avec les auteurs, regrettent le peu de monde présent malgré des annonces multiples et des reportages sur les télés locales, des articles de Presse, des affiches en vitrine des commerçants partenaires et des banderoles. Ici comme ailleurs, il est devenu très difficile d'attirer les foules lors de manifestations culturelles : la plupart du temps, les gens préfèrent rester chez eux, dans un cocon familial ou amical rassurant. Ce salon de deux jours, je le connais bien, je le fréquente depuis plus de vingt ans. J'ai vécu entre ses murs des années fastes, d'autres décevantes, mais cela se produit aussi de partout. De tout temps, certains auteurs et visiteurs ne manquent pas de déplorer à la moindre occasion l'insuffisance de la communication faite autour du salon et de mettre en cause le calendrier qui fait que cela tombe pendant des vacances scolaires, des week-ends prolongés par un pont, ou encore pendant des événements sportifs locaux, nationaux, voire pendant des fêtes familiales incontournables, des élections, des brocantes… la liste des griefs des râleurs est infinie. Ces bougons ont-ils seulement la moindre idée des difficultés rencontrées par les organisateurs pour présenter un salon digne de ce nom, croient-ils facile de réserver une salle à une date précise parfois un an à l'avance, d'obtenir des aides financières de sponsors et de bénéficier d'une communication peu onéreuse réalisée par des médias locaux ou régionaux ? Des exposants plus critiques vont parfois jusqu'à rendre responsables de leur mévente la météo ou des événements sociaux comme les manifestations des Gilets jaunes, les blocages routiers des taxis ou des agriculteurs. L'inquiétude légitime des Français face à des réformes gouvernementales trop lourdes ou à une guerre qui peut se présenter demain à notre porte est un frein aux dépenses non vitales. Cela se ressent dans les salons, mais aussi dans les domaines de l'habillement, des loisirs, de l'alimentation « de bonne qualité »... Les vrais lecteurs, les mordus de romans de tout genre, répondent cependant toujours à l'appel, quitte à braver des obstacles routiers ; les livres sont pour eux le moyen de s'évader. Ils adaptent leur budget et n'achètent peut-être qu'un livre ou deux les années les plus critiques, mais ils s'intéressent aux œuvres proposées, à leur auteur. Ces visiteurs sont ceux pour lesquels j'ai envie d'écrire, tout comme mes amis écrivains.

***

Voici l'opportunité de saluer mon premier visiteur, qui déambule lentement, balayant du regard ma table :

— Bonjour Monsieur. Je peux vous présenter mes romans ?

— Pourquoi pas !

— Vous voyez ici mes plus récents, une série policière "Lieutenant Grange", débutée en 2017. Il s'agit d'un jeune officier, nommé à Lyon à sa sortie de l'École de Police... Souhaitez-vous que je vous présente très rapidement les diverses enquêtes ?

Je lui donne tous les éléments utiles pour m'assurer de son intérêt et de sa curiosité.

— Je ne vous connaissais pas encore, mais j'ai bien envie de vous découvrir. Quel titre me conseillez-vous ?

— On ne demande pas à un père lequel de ses enfants il préfère, chacun d'eux a des qualités et des défauts, dis-je d'un ton enjoué.

— Est-ce préférable de commencer par le premier ?

— J'ai connu tous types de lecteurs, certains ont flashé sur une couverture ou ont plutôt préféré la violence, d'autres étaient plus attachés au lieu. Comme je vous l'ai annoncé plus tôt, mes enquêtes sont indépendantes, toujours menées par le lieutenant Grange. Au cours des deux premières enquêtes, il rencontre une gendarme et un binôme de policiers villeurbannais très atypiques, qui lui viendront en aide dans l'une ou l'autre des aventures suivantes. Commencer par le premier tome vous permet de suivre la montée en puissance de mon héros, depuis sa sortie de l'École de Police et de comprendre pourquoi il bénéficie d'aides extérieures. Cela mis de côté, il n'y a aucun obstacle à commencer par l'enquête qui vous intéresse le plus. D'autres lecteurs l'ont fait avant vous sans gêne pour la compréhension du roman. Parmi eux, certains m'ont ensuite acheté les tomes précédents. Je ne vous cache pas que beaucoup de lecteurs reviennent vers moi pour découvrir mes nouveautés. Pour la petite histoire, j'ai même un voisin qui a découvert que j'écrivais par le biais de notre bibliothèque municipale, à qui j'ai remis mes deux premières enquêtes. Il les a lues, puis il s'est pointé chez moi pour acheter la série complète !

— Je suis bien intéressé, mais j'arrive juste. Je fais un tour et je reviendrai vers vous !

L'homme s'éloigne. D'humeur guillerette et satisfait d'avoir captivé son écoute, je m'abstiens de lui répondre « ou pas ! »

— *Ouais, ouais ! Si toutes les personnes qui m'ont dit cette phrase m'avaient ensuite acheté ne serait-ce qu'un livre, je serais riche. Ici, la salle n'est pas démesurée et le nombre d'auteurs reste raisonnable, mon visiteur ne reviendra vers moi que s'il n'a rien trouvé de mieux. Tu découvriras au cours du week-end que « je reviendrai vers vous », c'est pour certains une échappatoire, une excuse pour ne pas acheter mon livre. Tu entendras bien d'autres raisons, crédibles seulement pour les personnes qui les emploient. À force de fréquenter les salons, j'ai adopté une phrase initiée par un homme politique dont j'ai oublié le nom : « une promesse n'engage que ceux qui y croient ». Cela m'a évité bien des désillusions et des attentes vaines. Ceci dit, mon visiteur reviendra peut-être, car je reste dans son champ de vision, contrairement à d'autres salons avec plus d'auteurs, avec des affiches placardées sur des grilles qui forment autant d'obstacles visuels entre les rangées, et qui obligeraient mon gars à refaire le tour complet de la salle pour me retrouver. Même avec de la bonne volonté, il n'est parfois pas facile pour un visiteur de retrouver un auteur qui l'a intéressé au début de sa promenade. Je me suis battu des années durant pour faire du salon où j'étais co-organisateur, un endroit où les écrivains étaient positionnés par genre littéraire. Ma volonté était de faciliter le passage des visiteurs et de leur permettre de retrouver plus facilement un auteur qui les avait intéressés dans un pôle ou dans un autre. C'est sûr que cela créait de nombreuses contraintes supplémentaires côté organisation et parfois des reproches d'auteurs refusés ou jaloux du pôle jeunesse, par exemple, qui les privait du passage de parents accompagnés de leurs enfants. Je demeure convaincu que mon choix était le bon et qu'il n'y a pas de perdants dans cette organisation pour les vrais auteurs, ceux qui écrivent pour être lus et qui ne font pas acte de présence pour une opération commerciale. J'arrête là mon discours, je ne veux pas te saouler ou te convaincre de quoi que ce soit ; le week-end débute seulement, nous verrons bien si mon gars repassera. Perso, je l'ai senti intéressé, mais pas enthousiasmé.*

***

Les visiteurs arrivent maintenant par petits groupes. Je suis heureux d'apercevoir des visages de jeunes adultes non accompagnés d'enfants. Pour moi, il s'agit ici de lecteurs nouvelle génération. J'affiche mon plus beau sourire, je prends ma voix la plus cajoleuse et je souhaite la bienvenue à toutes les personnes qui passent devant mon stand, sans distinction d'âge. Certaines ne me répondent pas, tournent dédaigneusement la tête ou pressent le pas.

— Tu ne comprends pas la réaction de toutes ces personnes qui passent devant moi sans me porter la moindre attention, sans m'adresser un simple sourire ou un merci. J'ai eu du mal à comprendre leur attitude, mais je crois maintenant avoir trouvé des explications. Lorsque ces visiteurs poursuivent leur « promenade » sans porter plus d'attention aux auteurs, je pense qu'ils sont intimidés et se sentent diminués face à des

romanciers qu'ils n'osent pas aborder. Certains craignent peut-être d'être interpelés par l'un de nous, sans doute à cause d'une expérience précédente, et de se sentir obligés d'acheter un livre. Leur présence ici est cependant de bon augure, as-tu remarqué que certains d'entre eux ont balayé du regard tous les stands de l'allée ? Cela prouve qu'ils sont ouverts aux nouveautés, à la découverte d'auteurs qu'ils rechercheront ensuite sur Internet. Mais ce n'est pas le cas de tous, ceux qui ont tourné la tête à la suite de mes mots de bienvenue sont différents ; vu l'heure et leur tenue vestimentaire, je suis sûr qu'ils arrivent pour le discours d'ouverture, qui sera suivi d'un buffet et du verre de l'amitié. Certains ne sont là que pour cela, de véritables pique-assiettes, d'autres veulent profiter de cette occasion pour aborder les édiles du coin, les interpeler sur un problème personnel. Ce n'est pas tout, d'autres ont plaisir à pavoiser ensemble, à entamer des discussions avec des compères venus, eux aussi, pour se distraire en attendant le discours d'ouverture puis le verre de l'amitié. D'autres encore, le plus souvent repérables à leur tenue soignée, ont un rôle politique ou médiatique à assurer et attendent que la totalité des intervenants soit présente pour prendre la parole. Il n'existe pas, n'a jamais existé et n'existera jamais un seul profil de visiteurs et une motivation unique à leur venue, c'est incontestable.

***

Le discours d'ouverture a lieu en présence des politiques, des responsables, de l'auteur primé pour le concours littéraire, du responsable de ce concours… Le public assiste à cette présentation, assis confortablement face à la tribune occupée par les intervenants. Des auteurs se sont joints à cette population, d'autres sont restés à leur stand et écoutent de loin, ou répondent à des visiteurs indifférents au discours d'inauguration. J'observe la scène, promenant mon regard sur les tables délaissées par leurs auteurs, assis et attentifs aux interventions de l'équipe organisatrice et des politiques. Pas question qu'un visiteur indélicat profite de ce moment voulu bon enfant pour « emprunter » un livre. De toute mon existence, je n'ai jamais assisté à une telle indélicatesse, mais des auteurs peu scrupuleux et en mal de vente ont parfois prétendu être victimes de vols durant un discours inaugural. Je n'ai jamais supporté une telle manière d'agir et, que je sois impliqué ou non dans l'organisation d'un salon, je ressens toujours une très forte solidarité envers les organisateurs, une très forte envie de les assister. Mon engagement est tout autre lorsqu'un auteur est le seul et unique organisateur d'un salon dans son lieu de résidence, et qu'il invite des écrivains d'horizons différents auxquels il n'accorde ensuite aucune attention, ces derniers n'étant là que pour légitimer sa manifestation et le soutien parfois obtenu de sa mairie ou de quelques commerçants. Fort heureusement, ce n'est pas le cas de tous les auteurs organisateurs et il est bien évident que cela reste exceptionnel.

Le discours est fini, les applaudissements retentissent, une foule nonchalante se dirige vers une rangée de tables nappées de blanc et fleuries. Les premiers bouchons pètent, les premières mains se tendent en direction des verres. De petits groupes se créent, difficiles à contourner, il faut parfois jouer un peu du coude pour atteindre le buffet et prendre une des nombreuses friandises proposées. Le choix est très grand et de bonne qualité : que des produits régionaux ou locaux. Certains stands sont encore occupés et quelques écrivains dédicacent leurs ouvrages. Peu à peu les allées se vident. Il est maintenant très facile de surveiller sa table de loin, un verre et une gourmandise à la main. Je me dirige à mon tour vers le buffet et j'en profite pour faire plus ample connaissance avec mes voisins de stand. Nous écrivons dans des genres différents et leur jeunesse me rassure, la relève est prête avec ces trentenaires et d'autres aperçus derrière leur table, plus tôt dans la matinée.

— *Lorsque j'ai participé en 2002 à mon premier salon, j'avais l'impression d'être un jeunot échoué auprès d'anciens et mes discussions avec eux n'étaient pas faciles. D'un naturel réservé, j'étais intimidé par les auteurs d'alors, qui se sentaient parfois en concurrence les uns avec les autres, et qui ne voyaient pas tous d'un bon œil l'arrivée d'une nouvelle tête. Sans doute est-ce pour cela que je partage une attitude amicale avec un bon nombre d'auteurs plus jeunes ou débutants, rencontrés au hasard des salons. Je n'ai jamais gardé pour moi mon expérience ; j'ai toujours donné mon avis à qui me le réclamait. Je n'ai que très rarement participé à des salons avec peu de visiteurs et pas forcément curieux, durant lesquels aucun auteur ne s'adressait à un autre, mais j'en garde de mauvais souvenirs. Rien n'est pire que de passer une journée ou un week-end assis sur sa chaise, dans un silence quasi permanent. C'est pour cela que je suis très ouvert aux autres auteurs, certains me le rendent bien et sont devenus au fil des années de véritables amis. Parmi eux, quelques-uns me remercient encore de les avoir coachés à leur début, ou de leur avoir conseillé l'autoédition avec BoD. Je dois avouer que leur reconnaissance surfaite me réchauffe le cœur, peux-tu le comprendre ?*

***

La salle s'est vidée, les tables servant au buffet sont maintenant débarrassées et regroupées dans un coin de la salle. Le salon se déroulant sans interruption, certains auteurs ont entamé leur déjeuner, assis derrière leur table, dans l'attente de l'arrivée de nouveaux visiteurs.

— *Tu vois, sur certains salons, je suis comme eux, j'apporte ma nourriture. Pour chaque sortie, je m'autorise un budget à ne pas dépasser, pour les frais de trajet et de bouche. Au-delà d'un certain kilométrage, je me contente d'un sandwich confectionné ou acheté en route. Ici ce n'est pas le cas, j'habite maintenant dans les parages et si le prix du repas n'est pas des plus bas, la nourriture est excellente, copieuse et servie dans de vraies assiettes avec de vrais couverts. De plus, la boisson est à volonté et le café offert, contrairement à la plupart des salons où parfois les plateaux moins coûteux sont chers par rapport à la qualité ou à la quantité servie, avec boisson et café payants. Le déjeuner est à la hauteur du buffet d'inauguration, préparé lui aussi par le même traiteur de Meximieux, avec des produits locaux, de quoi réjouir plus d'un auteur. Tu as pu constater que les tables utilisées pour le buffet d'inauguration étaient nappées et fleuries, cette délicate attention des organisateurs, une de plus, est le résultat d'une complicité entre les organisateurs et un horticulteur local, renommé pour ses créations de rosiers. Admire maintenant la décoration des tables des auteurs : une plante fleurie pour chacun, disposée sur une nappe blanche repassée, aucune n'est fanée.*

Des auteurs m'appellent :

— Robjak, tu te joins à nous, on t'a gardé une place !

Difficile de refuser… Cela m'a toujours amusé que certains auteurs m'interpellent par mon prénom ou mon nom, ne sachant pas lequel choisir, et d'autres par mon pseudo. Durant le repas, nous faisons un bilan de nos ventes du matin, peu élevées.

— C'est normal, s'exclame un de mes amis, le samedi matin il y a traditionnellement peu de visiteurs, les gens travaillent, certains parents doivent chercher leurs jeunes enfants à l'école, et puis le discours d'inauguration et le verre de l'amitié prennent du temps…

— Tu as raison Jacques, intervient une auteure, surtout que parmi les visiteurs de ce matin, certains n'en ont pas grand-chose à faire des livres. Ils ne viennent ici que pour se goinfrer et boire un bon coup gratis !

— Cela ne représente qu'une toute petite partie, dis-je en me faisant l'avocat du diable, et puis, rien ne prouve que parmi ces personnes, certaines ne reviendront pas à un moment plus calme pour s'intéresser à nous !

— T'en as déjà vues ici ou dans d'autres salons ?

— Non Jacques, mais tu sais, je ne suis pas très physionomiste !

Je ne convaincs personne, mais je ne voulais pas que la générosité avec laquelle les organisateurs nous traitent soit entachée. Oui, il y a toujours des profiteurs, faut-il pour cela supprimer le verre de l'amitié, ce moment convivial durant lequel il n'y a plus de visiteurs, d'écrivains, voire de politiques, seulement des hommes et des femmes qui conversent, qui oublient un moment leurs problèmes, qui se rapprochent en dépit de leur statut ?

Jour 1, après-midi.

Il est maintenant temps de rejoindre mon emplacement, de regarder s'égrener lentement les minutes.

— C'est encore un peu tôt pour les visiteurs, dis-je à Laurent, mon voisin de droite.

— Il en vient beaucoup, les autres fois ?

— Cela dépend des années. Le Covid avait un peu perturbé le calendrier et les organisateurs avaient dû changer de date, ce qui a un peu dérouté les visiteurs. Maintenant, le salon a retrouvé sa période traditionnelle et les gens commencent à revenir. Mais tu sais, peu importe le nombre d'entrées, si tu te retrouves face à des personnes intéressées, qui viennent là pour acheter et non pour une balade digestive. Bien sûr, elles ne prendront pas un livre à chacun de nous, il y aura toujours des auteurs qui vendront plus que d'autres. Ce n'est pas une question de qualité, tu peux écrire cent fois mieux que moi, si le Moyen-Âge n'inspire pas ces personnes, alors qu'elles aiment les polars ou les thrillers, j'ai plus de chance que toi de faire des ventes. L'inverse est bien évidemment vrai !

— Et toi, tu vends bien ?

— Ma fourchette est très large, mais j'avoue que ces deux dernières années, c'est plutôt confortable !

— J'en entendais au buffet qui se plaignaient d'un manque de communication faite autour du salon. Ils étaient consternés d'être en plus dans une salle polyvalente sombre, située en haut d'un escalier, certes extérieur, mais qui n'offre aucune visibilité aux personnes qui passent sur le trottoir, quelques mètres plus bas. Il faudrait, d'après eux, faire une signalétique plus importante, trouver des moyens d'attirer les gens. T'en penses quoi ?

— Je sais que les organisateurs sont conscients du manque de visibilité du salon pour des touristes, malgré les banderoles placées de part et d'autre de l'espace Vaugelas et des ballons gonflables de toutes les couleurs, installés sur la rampe d'accès l'année dernière. Les gens de Meximieux et des alentours connaissent cet endroit ; s'ils ne viennent pas nous rendre visite, ce n'est pas par manque de communication ou par ignorance d'où se trouve le salon, mais pour des raisons personnelles qui leur sont propres. Cependant, c'est vrai que l'escalier peut être un frein et faire penser à certains qu'une fois les marches gravies, ils pourraient se sentir pris au piège. Il n'y a aucune solution pour dissiper cette appréhension. Cependant, je peux t'assurer qu'ici, je vends régulièrement mes romans à des personnes venant de Lyon ou des villes proches de la capitale des Gaules. Ces lecteurs et ces lectrices n'ont jamais évoqué une quelconque inquiétude à pénétrer dans la salle et ne se sont jamais plaints de difficultés pour la trouver. Signalisation ou pas, à l'heure où tout le monde a son portable avec une application de géolocalisation, faut-il vraiment s'en préoccuper ? Je te laisse, regarde, les premiers visiteurs arrivent !

**

Quelques dizaines de personnes franchissent l'entrée et déambulent dans les allées. Certaines s'arrêtent devant chaque auteur, d'autres s'adressent en priorité aux écrivains locaux ou très connus. Un homme, tout juste arrivé, slalome entre les visiteurs. Son pas déterminé et son regard dans ma direction sont sans équivoque, il vient pour moi.

— *Regarde, dis-je à mon compagnon invisible, voici mon premier lecteur assidu. Je ne t'en dis pas plus… non, n'insiste pas. Je te précise seulement qu'il a acheté toutes les enquêtes du lieutenant Grange, excepté la dernière, parue après le salon de Meximieux de 2024 !*

— Bonjour, dit le nouvel arrivant, je vois que votre nouvelle enquête est parue. Vous me l'aviez annoncée l'année dernière, en me précisant qu'elle se passerait à Meximieux…

L'homme regarde Laurent qui suit discrètement notre discussion.

— Vous savez, lui dit-il, j'ai toute la série. Je lis beaucoup et j'aime particulièrement les enquêtes du Lieutenant Grange, c'est bien écrit, facile à lire, l'intrigue est toujours palpitante et les personnages sont très bien travaillés.

Se tournant vers moi, il poursuit :

— Une nouvelle enquête en cours ?

— Pas dans l'immédiat, j'ai entamé une comédie, mais après, oui. Sauf imprévu, la huitième enquête sera publiée avant le salon 2026 !

— Vous savez, je viens spécialement pour vous. J'en profite pour faire le tour du salon, mais pas question que je reparte sans votre dernier policier…

— Et je vous en remercie. Ce sont des personnes comme vous qui me motivent pour écrire. Rien n'est plus beau que de revoir des lecteurs au fil des ans, toujours enthousiasmés et demandeurs de nouveautés. Je vous dédicace le livre ?

— Bien sûr !

— Cette année, je me souviens de votre prénom. J'écris quelques mots à Olivier ?

— C'est bien cela. Merci !

L'acheteur s'en va, en saluant Laurent.

— *Tu vois, quand je rencontre des personnes comme cet Olivier, je suis sur un petit nuage. J'en ai quelques-unes comme lui. Je n'oublierai jamais une petite mamie, peut-être centenaire à ce jour, qui venait sur un salon du livre mixte : livre et vin, avec entrée payante à cinq euros. J'ai participé à ce salon de 2017 à 2022, la fréquentation était très stable d'une année sur l'autre, avec environ deux mille dégustateurs de vins d'une part et deux cents lecteurs potentiels d'autre part. J'aimais ce salon et je vendais très bien. La dernière fois que j'y ai participé, la fameuse mamie dont je te parlais s'était pointée face à moi, avec une feuille jaune format petit classeur d'écolier, pliée en quatre. Elle me faisait penser à la Grand-Mère dans les dessins animés de Titi et Gros Minet. Elle avait regardé les couvertures de chacune de mes enquêtes, puis déplié la feuille de papier qu'elle tenait d'une main tremblotante. « Vous n'en avez pas d'autres, me lança-t-elle visiblement très contrariée, parce que celui-là je l'ai acheté en 2017, le second en 2018... » La vieille dame suivait les lignes écrites sur son pense-bête. Bref, elle avait acheté, lu et aimé les cinq premières enquêtes. Lorsque je lui ai répondu que je n'avais pas de nouveauté, j'ai vu son visage se décomposer, des larmes jaillir spontanément de ses yeux. Jamais je n'oublierai ce moment que je n'aurais jamais imaginé dans un de mes romans, policiers ou autres. J'étais ébahi de découvrir qu'une personne de son âge pouvait aimer à ce point mes enquêtes policières, parfois violentes, et j'étais touché par sa peine. Fort heureusement, il me restait quelques invendus d'ouvrages plus anciens, que j'avais apportés pour le cas où ils me seraient réclamés par des visiteurs. Parmi eux se trouvait un exemplaire de « Hold-up », qui était une réécriture d'un policier paru précédemment sous le titre de « Ils – Hold-up à la Road International Bank ». Je l'ai donné à ma visiteuse, qui me remercia et promit de revenir me voir en 2023. Le choix de l'organisatrice s'est posé sur d'autres auteurs et depuis, je ne participe plus à ce salon. J'ai oublié le prénom de cette personne et je ne sais pas ce qu'elle est devenue, mais elle m'a profondément marqué !*

***

La présence d'Olivier, mon lecteur fétiche de ce salon, avait attiré d'autres visiteurs à mon stand. Après son départ, cinq personnes écoutent mes explications, se renseignent sur où et comment trouver mes livres, sur l'existence des enquêtes sous format ebook, sur la nécessité de commencer par le premier tome… Ils me remercient et continuent leur tour du salon.

— As-tu remarqué, les visiteurs n'ont pas le même comportement suivant s'ils sont seuls, en couple ou en groupe ? Dans les deux premiers cas, ils inventent généralement des excuses pour partir sans acheter de livres, alors que dans le troisième cas, comme tu viens de le voir, ils remercient et s'en vont, ne faisant pas de promesses inutiles d'un second passage.

***

J'observe une femme entre deux âges qui s'arrête à tous les stands. Quelques marque-pages dans une main, apparemment sans rien dans l'autre, elle caractérise les vampires des salons, qui font parler les auteurs de très, de trop longues minutes, puis leur racontent leur vie. Il est très difficile de s'en défaire sans heurter leur susceptibilité. Ces personnes n'ont aucune gêne à bloquer un stand et à empêcher des visiteurs plus intéressés qu'elles à s'approcher de livres qu'ils voudraient voir de plus près… Plus que Kévin, mon voisin de gauche, et ce sera mon tour. Apparemment la nouvelle venue n'a aucune attirance pour les livres jeunesse et le stand dépourvu de signets cartonnés ou plastifiés, donc sans intérêt pour elle.

— Bonjour, me lance-t-elle, c'est vous qui avez écrit tout ça ?

— *Je pourrai lui répondre que non, mais je sais par expérience que cela ne la fera pas partir. Vingt-trois ans que je dédicace sur des salons et je n'ai pas encore trouvé le moyen de me dépêtrer d'une telle situation. La semaine dernière, j'avais cru entrevoir une ouverture lorsqu'une lectrice s'est approchée de mon stand et que j'ai cessé ma discussion avec cette vampire pour m'adresser à la nouvelle venue. Rien n'y avait fait, elle avait même réussi à se glisser entre ma lectrice potentielle et moi et à poursuivre son discours qu'elle n'avait pas interrompu. Bonjour, la politesse et le respect des autres. Si tu as une proposition à me faire pour me sortir d'un tel mauvais pas, je suis preneur !*

La vampire d'aujourd'hui n'attend pas ma réponse, un de mes marque-pages est déjà dans ses mains. Il me vient alors une idée : mon voisin de droite est inoccupé, il regarde passer les visiteurs, désabusé. Je glisse mon téléphone portable dans une poche, puis je m'adresse à ma visiteuse :

— Excusez-moi, ce n'est pas très poli, mais j'ai des troubles digestifs et je dois m'absenter !

Je me lève et passe derrière Laurent à qui je murmure « bon courage ». Il me suit du regard, avec un petit sourire crispé. Je surveille mon stand d'un recoin de la salle et je reviens quelques minutes plus tard, lorsque la vampire a changé d'allée.

— Merci et à charge de revanche, dis-je à mon complice malgré lui. Je ne sais pas comment tu as fait, mais elle n'a pas traîné chez toi !

Il m'adresse un grand sourire, ses yeux pétillent.

— Quand tu es passé derrière moi, j'ai pris mon téléphone et j'ai simulé une conversation. Lorsque ta visiteuse a voulu me harponner, je lui ai fait signe que j'étais occupé et je lui ai tourné le dos. J'ai vu qu'elle m'a chipé un marque-page, puis elle est partie. Mon voisin de droite a lui aussi anticipé le passage de cette femme et il a gardé les yeux rivés sur son téléphone jusqu'à ce qu'elle parte !

— Bravo à vous deux, moi je n'arrive pas à ignorer la présence d'une personne qui me fait face !

— J'ai peut-être plus d'heures de présence sur les stands que ces deux auteurs, mais je t'avoue mon ami que je ne saurai jamais agir comme eux. Certes, ils sont plus jeunes et peut-être ont-ils eu une éducation moins stricte que la mienne, mais tu vois, le simple fait de prétexter un problème intestinal m'a mis mal à l'aise. Je ne suis pas sûr de renouveler cette expérience !

***

Un couple s'arrête, l'homme et la femme semblent attirés par les couvertures de ma série policière. J'entame une nouvelle fois la présentation de mes œuvres. Un second couple se colle derrière le premier au moment où je mets en avant les particularités qui différencient mes enquêtes de tant d'autres. Je balaie du regard les quatre personnes, afin que chacune se sente concernée :

— Mon héros, le lieutenant Grange, n'est pas un surhomme, il est seulement doté d'une grande mémoire qui lui permet de faire parfois ressurgir un détail en cours d'enquête. Ceci mis à part, il n'est ni caractériel, ni âgé, ni avec de nombreuses casseroles dans le dos… C'est un monsieur tout le monde, tout juste sorti de l'école de Police pour sa première enquête en 2017 ; il a alors vingt-six ans. Il prend un an entre chaque enquête, tout comme vous et moi, puisque mes enquêtes sortent à la cadence d'une par an. Vous le verrez progresser dans ses enquêtes, et rapidement remplacer la théorie par ses expériences sur le terrain !

S'ensuivent les traditionnelles questions sur l'ordre à respecter pour la lecture, où se procurer les livres... Le premier couple se décide et m'achète le premier volume, que je lui dédicace.

— *Regarde, mon ami, le second couple est resté. C'est bon signe, je sens qu'il va aussi m'acheter un livre !*

En effet, après quelques discussions entre eux, l'homme prend le premier tome tandis que sa compagne conserve en main le second. Nouvel échange entre eux et vente des deux premières enquêtes.

— *J'aime quand cela se passe comme cela, quand les gens viennent directement à moi et qu'ils achètent immédiatement un ou des livres. Cela me rassure, j'arrive toujours à intéresser les visiteurs. C'est un plaisir de vendre, bien sûr, mais aussi d'être écouté, de discuter avec des inconnus qui reviendront peut-être vers moi à d'autres occasions, ou qui commanderont d'autres volumes chez leur libraire ou par internet. N'oublie pas que, tout comme la majorité des auteurs autoédités, j'écris par plaisir et pour être lu. Toute vente me conforte dans ce choix, tout retour d'une lecture m'encourage à poursuivre !*

***

Deux femmes sensiblement du même âge se plantent face à moi. L'une prend en main un de mes romans, sans l'ouvrir, tandis que l'autre reste en retrait.

La première semble très intéressée et me questionne, la seconde fait la moue et me lance :

— C'est du policier. Ah je n'aime pas ça. Le sang, la violence, ce n'est pas pour moi. On n'entend parler plus que de ça à la télé !

— *Pas faux, mais je ne dois pas décourager sa copine !*

M'adressant à mon interlocutrice apparemment fâchée avec les polars :

— Qu'est-ce que vous lisez comme genre littéraire ?

— Plus rien, avant je lisais beaucoup de romans historiques, mais maintenant je n'ai plus envie de lire.

— Même pas des nouvelles ou des histoires courtes ? J'ai là, justement, un petit recueil qui contient certaines nouvelles que j'ai présentées à des concours. Je trouve dommage que seules quelques personnes les aient lues1

Je désigne mon ouvrage « Adieu tiroir ».

ROBJAK

Adieu
tiroir !

La femme affiche un dégoût certain, c'est clair, inutile d'insister. Je dialogue alors avec sa copine, visiblement intéressée, mais qui me donne l'impression d'être sous influence. Elle me questionne sur ma passion pour l'écriture, sur mon imagination, gardant toujours le livre en main.

— Vous pouvez l'ouvrir !

— Non merci, je n'ai pas pris mes lunettes pour lire. De loin ça va, mais de près !

Les deux femmes partent, me laissant coi.

— *Celle-là, on ne me l'avait encore jamais faite. Avoir ses lunettes posées au sommet du crâne et prétexter qu'elle les a oubliées, c'est grotesque. Cette femme semblait pourtant bien intéressée par mes bouquins avant que sa copine ne parle. Heureusement que tu as assisté à cette scène, sinon personne ne me croirait. Pour les excuses du style je n'aime pas lire, je ne lis pas ou plus, tu les entendras sûrement d'autres fois durant ce week-end, tout comme je n'ai pas pris d'argent ou mon chéquier. J'ai toujours douté de la véracité de ces prétextes. Qui de sensé se pointerait à un salon du livre sans aimer lire ou sans aucun moyen de règlement ? Bien sûr que certaines personnes n'utilisent plus que la carte bancaire, mais elles l'annoncent au moment de payer. Perso, je ne recours pas au boitier Sum-Up, bien que beaucoup de mes amis auteurs le fassent. Pour cela, je suis plutôt réfractaire, un dinosaure…*

***

Plus que deux heures avant la fermeture du salon pour sa première journée. Je suis heureux, car j'ai eu quelques ventes. Je n'ai pas encore égalé mon record de vente pour une journée, mais je suis tout de même satisfait. De nombreux contacts me laissent espérer des commandes ultérieures. Les allées sont maintenant peu encombrées. Certains auteurs sont découragés ou impatients de vendre encore quelques ouvrages. Contrairement à eux, je ne ressens aucune excitation de quelque nature que ce soit, je discute avec mes voisins afin de passer le temps agréablement. Une visiteuse arrive à mon niveau, me dévisage. Je cesse illico mon dialogue avec Laurent et Kévin pour m'adresser à elle. Je lui propose de jeter un œil sur mes romans.

— Bien volontiers !

Tandis qu'elle feuillette le premier tome, je lui fais une rapide présentation de ma collection. Elle repose le livre, un petit sourire aux coins des lèvres.

— Vous ne vous souvenez pas de moi ?

— Non, pas vraiment. J'avoue que votre visage ne m'est pas inconnu, mais j'ai du mal à mettre un nom dessus !

— J'étais votre voisine au marché de Noël de Jassans en 2023 et je vous avais acheté la première enquête du lieutenant Grange, le Père Claude. En 2024, j'espérais vous retrouver au marché de Noël, j'avais même demandé aux organisateurs d'être placée près de vous, comme l'année précédente, mais vous n'êtes pas venu. Je vous ai adressé un mail, auquel vous avez répondu avec bienveillance, et j'ai acheté la seconde enquête, « les liens du sang », par l'intermédiaire de la FNAC. Je voulais savoir si vous accepteriez de me la dédicacer !

Cette histoire me revient en tête, le message aussi, mais pas le nom de cette jeune femme.

— À quel prénom la dédicace ?

— C'est pour moi !

C'est un moment délicat, je ne dois pas décevoir ma visiteuse qui comprend fort heureusement mon embarras. Merci à elle !

— À Leila !

— Excusez-moi, je suis vraiment confus d'avoir oublié votre prénom, d'autant plus que nous avons eu récemment un échange par mail !

— Ce n'est pas grave, je comprends parfaitement la situation. Il m'est quasi impossible de me souvenir des visages ou des noms de toutes les personnes qui s'arrêtent à mon stand durant les marchés de Noël, pourtant certaines d'entre elles sont des clientes fidèles que je retrouve chaque année !

— Je ne vous promets pas d'être présent à Jassans en 2025, mais j'espère vraiment faire ce marché de Noël, sauf si un contretemps m'en empêche comme cette année. Votre venue aujourd'hui est un réel plaisir, je vous en remercie sincèrement !

— *Encore une nouvelle expérience. Je n'avais encore jamais eu le cas d'une lectrice qui vient avec un ouvrage acheté précédemment, pour que je le lui dédicace. Je te l'ai dit en début de journée, mon ami invisible, rien n'est jamais pareil et des surprises peuvent se produire, bonnes ou mauvaises, durant un salon du livre. Cette personne qui vient de partir m'a énormément touché, je lui aurais fait la bise si je n'étais pas aussi réservé. C'est sûr que je ne peux pas me souvenir de tous mes acheteurs. C'est vraiment dommage que je n'aie pas pu exposer au marché de Noël de Jassans en 2024, j'aurais certainement bien vendu. La preuve en est que j'ai reçu deux demandes de lectrices, Leila et une autre, qui déploraient mon absence et regrettaient de ne pas avoir pu m'acheter « les liens du sang » à cette occasion. J'espère que les organisateurs n'égareront pas ma demande d'exposition pour 2025, mais cela, je ne pouvais pas le dire à mes lectrices déçues, sans risquer de jeter un discrédit sur les bénévoles qui proposent cette*

attraction depuis maintenant plusieurs années.
L'erreur est humaine…

***

Un homme vient vers moi, peu avant la fermeture. Il me semble le reconnaître et je ne suis qu'à moitié surpris lorsqu'il m'annonce :

— Je vais vous prendre « le Père Claude », c'est bien celle-là la première enquête du lieutenant Grange ?

— Tout à fait. Voulez-vous une dédicace ?

L'homme accepte et pose sur ma table plusieurs livres qu'il a sélectionnés durant cette première journée de salon, le temps pour lui de sortir un billet de vingt euros d'une poche de son blouson. Je suis content que ce visiteur m'achète un roman, car il s'agit visiblement d'un lecteur très exigeant dans ses choix.

— *Tu vois, c'est toujours une surprise, une fierté et une joie indescriptible lorsqu'un visiteur dit qu'il repassera d'ici la fin d'un salon et qu'il le fait. Je ne te cache pas que généralement les personnes qui utilisent ce prétexte ne reviennent pas, que si elles doivent repasser devant moi pour quitter la salle, elles font mine de ne pas me voir. Tiens, justement, regarde vers la sortie. Reconnais-tu les deux pouffiasses de tout à l'heure ? Elles ont chacune une bonne pile de bouquins et la grande a retrouvé ses lunettes qu'elle porte sur le nez. Quel besoin avait-elle de me raconter des salades, je ne l'ai pas forcée à m'écouter. Ce sont des personnes*

comme elle et sa copine qui m'énervent et que j'ai
parfois envie de rembarrer !

***

Le salon ferme ses portes. Je tire un drap sur
mes livres pour les protéger de la poussière et
d'éventuels cadeaux peu appréciables. Quelques
auteurs agissent comme moi, mais ce n'est pas le cas de
tous. Certains rangent tous leurs ouvrages et partent
avec, par peur d'être volés, d'autres s'étonnent de me
voir couvrir mes romans. L'un d'eux me chambre, je lui
révèle alors le pourquoi de mon geste :

— Vingt-trois ans de salons m'ont appris des
choses. Ce n'est pas par maniaquerie que je protège
mes romans avec ce drap. Je cherche seulement à
m'éviter quelques désagréments. C'est très rare, mais il
est arrivé par deux fois que des auteurs ont trouvé des
crottes de souris sur les couvertures de leurs livres. On
ne sait jamais ce qui peut se passer durant la nuit, je
préfère partir serein !

Le regard interrogateur de l'auteur révèle son
incapacité à trancher entre un coup de bluff de ma part
et la vraisemblable raison de mon comportement. Je
l'abandonne, visiblement perplexe. Je me réjouis
intérieurement de lui avoir cloué le bec.

— Tu m'aurais cru, à sa place ? Je n'en suis pas sûr
et pourtant, comme je te l'ai déjà annoncé, tout ce que
je te dis est vrai. Tout ne s'est pas forcément passé
dans l'espace Vaugelas et je te rapporte parfois des

anecdotes qui sont arrivées dans d'autres salons, dans des marchés de Noël, dont le souvenir me revient lors de situations similaires. Nul doute que demain je t'en raconterai encore d'autres !

Jour 2, matinée.

— En forme pour cette seconde journée ? T'as-vu, l'équipe organisatrice est toujours aussi sympa. Cela fait du bien de venir ici en toute confiance, sans craindre un changement d'humeur de nos hôtes sûrement fatigués. Tu imaginais certainement qu'une fois la porte fermée, c'était repos pour tous. Erreur l'Ami, ils ont œuvré après notre départ pour préparer les tables d'auteurs qui ne viennent qu'aujourd'hui, parfois en remplacement d'autres qui n'étaient là qu'hier. Nous sommes venus, toi et moi, une heure plus tard, mais ne crois pas que les organisateurs ont bénéficié du même report, ils sont venus aussi tôt qu'hier pour accueillir de nouveaux auteurs, qui ont besoin de temps pour installer leur stand. Regarde toutes ces personnes de l'ombre qui accueillent tous les auteurs avec la même bienveillance, tu ne pensais sans doute pas que tous ces bénévoles sont très sensibles à la fréquentation de leur salon, à la satisfaction et aux critiques parfois virulentes des auteurs.

Quelques romanciers déjà présents la veille réorganisent leur table ou retirent le drap qui protégeait leurs livres. Je fais comme eux, puis je me dirige ensuite vers le bar pour boire mon café de bienvenue. C'est l'occasion pour discuter avec d'autres auteurs, tandis que de nouvelles têtes apparaissent. J'adresse ou je réponds parfois à un salut de la main, à un bonjour, tout en poursuivant ma discussion avec mes amis. J'ai un petit pincement au cœur à la suite d'une contrariété de la veille au soir, que je dois exprimer en ménageant la susceptibilité de chacun. Je ne veux pas ressasser toute la journée mon aigreur, j'ai préparé mon message avant de me coucher et je l'ai encore récité en voiture, sur le trajet jusqu'à l'espace Vaugelas. Ce n'est pas facile d'exprimer une déception en pleine discussion. Fort heureusement, un nouvel auteur se joint au groupe et me remercie de lui avoir communiqué l'existence de ce salon. Sans le savoir, il me tend la perche et je la saisis à pleines mains !

— C'est normal Patrick, nous devons nous aider les uns les autres. Nous n'avons pas de maison d'édition qui gère pour nous notre planning, nous n'avons souvent que le bouche-à-oreille pour tenter des inscriptions dans les salons. Récemment, j'ai communiqué à quelques amis l'existence d'un salon qui en est à sa seconde manifestation, et qui n'accueillera qu'une trentaine d'écrivains et artistes. Certains collègues se sont inscrits en se recommandant de moi et qu'est-ce que je découvre hier, sur mon ordi ? L'un d'eux sera présent à un nouveau salon, qui sera à vingt minutes de chez moi. Il n'y a pas eu de renvoi d'ascenseur…

— C'est dommage, reconnaît Jean-Claude, qui avait décliné mon offre.

Cet auteur est un véritable ami, avec lequel nous échangeons toutes nos infos, bien que nous écrivions tous les deux des policiers. Entre nous n'existe aucune rivalité, nous avons forgé une amitié sincère tout au long de nos rencontres sur les salons, nous covoiturons encore aujourd'hui le plus souvent possible. Jean-Claude se fait l'avocat du diable :

— Peut-être n'avait-il pas encore reçu ton info au moment où il s'est inscrit et qu'il n'a pas pensé à toi. Ou bien, le salon affichait déjà complet quand tu l'as contacté et il n'y avait plus rien à faire !

— C'est possible, je vais m'efforcer d'y croire.

Présente, la personne à qui j'avais fait allusion ne sourcille pas. J'en arrive à me demander si elle s'est reconnue à travers ma brève attaque. Elle m'accompagne jusqu'à ma table, parlant de choses et d'autres, mais à aucun moment prononce-t-elle ne serait-ce qu'une ébauche d'excuse.

***

Je suis d'humeur moins guillerette que la veille, je dois me surveiller face aux visiteurs qui pourraient m'agacer.

— *Tu vois ces gens qui viennent, je ne les sens pas. Je suis prêt à parier qu'ils vont m'énerver.*

Les premiers mots prononcés par le plus âgé du trio ne m'incitent pas à être cordial, cependant je reste poli.

— Robjak, je ne vous connais pas, me lance-t-il d'un ton hautain, vous venez d'où ?

— D'un petit village, à dix kilomètres d'ici !

— De quel pays êtes-vous originaire, vous ou vos parents, fit sèchement le visiteur visiblement agacé. Avec un nom pareil, vous ne devez pas être Français de longue date !

— Je suis Aindinois, et de longue date, pour reprendre vos propres termes. Il me semble judicieux de vous faire remarquer que Robjak est mon pseudo d'auteur !

— Personne parmi vos ascendants ne vient des pays de l'Est ?

Le visiteur demeurant sourd à ma réponse, j'ignore sa dernière question, ce qui le déstabilise. Il prend alors machinalement un livre, qu'il feint de lire.

— *J'ai dit que je ferai bonne figure même si aujourd'hui je suis moins en forme qu'hier, mais là, vois-tu, ça commence fort. Ce gars est en train de chercher autre chose à me lancer dans les dents. Il n'a pas apprécié ma réponse, mais qu'est-ce qu'il croit, pourquoi veut-il absolument associer mon pseudo qu'il prend pour mon nom à un pays. S'il insiste dans ce sens, je lui lancerai avec ironie qu'en France tous les ânes s'appellent Martin, mais ce n'est pas pour cela que tous les Martin sont des ânes ou des Français, Martin Luther King et Dean Martin en sont de très bons exemples !*

L'homme revient à la charge, en posant mon livre sans ménagement sur sa pile. Je le regarde faire, la mâchoire crispée.

— Vous êtes édité chez qui ?

Je reprends le roman qu'il tenait peu avant à la main, le retourne et pointe mon index sur le logo de l'éditeur, sans rien dire.

— Connais pas. Sûrement de l'autoédition !

— En effet, mais sachez que ce n'est pas un critère de nullité. Les grandes maisons d'édition ne proposent pas que de bonnes choses !

Sans un mot de plus, l'homme s'en va, suivi de ses deux acolytes.

— As-tu compris pourquoi les auteurs font parfois triste figure ? Ce n'est pas toujours facile d'afficher une mine réjouie. Ce que tu viens de voir n'est qu'un exemple parmi tant d'autres, que tout écrivain aimerait ne pas vivre. Dans les salons, il faut bien se rendre compte que le client n'est pas roi et bénéficiaire de tous les droits, il doit respecter les auteurs qui ne sont pas là pour participer à un dîner de cons avec eux, pour subir des marchandages, pour vendre leurs ouvrages moins chers. Fort heureusement, les visiteurs indélicats sont une infime quantité et, si leurs paroles parfois acerbes restent ancrées dans ma mémoire, leurs visages sont très vite oubliés. Il y a tant de visiteurs qui me rendent les salons agréables que je dois accepter qu'il y ait parfois des exceptions, que je dois remercier, car grâce à elles, je redouble de plaisir à m'occuper des autres personnes, attentives, curieuses et respectueuses.

Un écrivain de la rangée suivante profite d'un moment calme pour s'approcher de moi. C'est son premier salon et il me parle de son roman de science-fiction, qu'il a édité en contrat à compte d'auteur. Il me questionne sur mon éditeur et sur ma satisfaction par rapport à ce dernier. Très vite, je retrouve en lui le jeune romancier que j'étais vingt-trois ans plus tôt, sans expérience et cherchant laborieusement des conseils parmi d'autres auteurs, plus anciens et plus expérimentés. J'apprécie sa démarche et je lui réponds en toute simplicité. Je ne me suis jamais considéré comme un professeur donnant un cours magistral à son élève, je lui parle d'égal à égal. Très souvent, ceux qui comme lui m'ont ainsi abordé, ont apprécié ma gentillesse et m'en gardent une profonde reconnaissance. Ce n'est pas de la vantardise de ma part que de l'écrire, mais une satisfaction profonde, ressentie à chaque fois que je croise ceux qui m'ont sollicité. Le jeune qui m'écoute semble découvrir le monde très fermé de l'édition. Je lui avoue :

— Oui, je suis très content de BoD, j'ai d'ailleurs conseillé cet éditeur qui pratique l'impression à la demande à de nombreux auteurs, et certains m'ont remercié de les avoir dirigés vers cette entreprise. Regarde la qualité des livres, et puis, en cas de problèmes, pour le pelliculage, de la couverture par exemple, une simple photo, et je reçois autant de livres qu'il y en avait d'endommagés dans ma commande. J'en suis à mon neuvième titre chez eux, et je n'envisage pas pour le moment de chercher ailleurs. Je suis passé auparavant chez d'autres éditeurs en ligne, où j'ai constaté, entre le premier et le troisième titre déposé chez eux, que la qualité, la réactivité et l'attention portée à l'auteur avaient rapidement décru. Chez BoD, je suis en autoédition avec toujours la même attention de l'éditeur. Connais-tu la différence entre les contrats à compte d'auteur, comme tu sembles l'être, à compte d'éditeur, et l'autoédition ?

Emmanuel, mon interlocuteur, ouvre de grands yeux, incrédule.

— Je vais te l'expliquer rapidement, je commence par ton roman de science-fiction et tu m'interromps si je me trompe, ou si tu veux plus de renseignements. Pour ton livre, tu as proposé un manuscrit à une pseudo maison d'édition qui t'a fait sûrement signer un contrat à compte d'auteur, en prenant à sa charge la mise en forme du texte, la réalisation de la couverture, la communication faite sur la parution de ton œuvre. Ton éditeur t'a proposé un certain nombre d'exemplaires gratuits et une remise sur ceux que tu lui commanderas par la suite. Il s'est peut-être engagé à te payer des droits d'auteur après un certain nombre de livres vendus. C'est attirant lorsqu'on publie un premier livre, on est novice, inexpérimenté et on a besoin d'être rassuré, on se sent bien encadré. Mais cette impression de confort a un coût, pompeusement dénommé frais de maquette et de publicité. Il faut en vendre un paquet de livres, pour rentrer dans ses frais, surtout qu'il ne faut pas trop compter sur l'éditeur en question pour promouvoir et distribuer ton ouvrage. J'ai eu deux titres publiés de cette manière, « Le passage » et « Carole, la Caladoise ». Avec le recul je suis inflexible, c'est le pire choix !

Emmanuel reste très attentif à mon discours. Le fait d'avoir connu précédemment la même expérience que lui semble donner de l'importance à mes mots.

— Le contrat à compte d'éditeur est le Saint Graal, tout écrivain souhaite en signer un. Il y a seulement quelques informations que je souhaite te donner. Tout d'abord, il existe une énorme différence entre les maisons d'édition dites nationales, parce que basées pour la plupart en région parisienne et largement médiatisées, et les maisons d'édition régionales qui ne bénéficient pas du même réseau de distribution, qui livrent la bataille du pot de terre contre le pot de fer… Ensuite, être édité en région est parfois perçu par les lecteurs comme un second choix. Pour ma part, sous ce type de contrat, j'ai eu un premier roman que mon éditeur a présenté dans une série baptisée catastrophe, puis trois autres chez un autre. Le premier n'a pas renouvelé mon contrat pour un scenario catastrophe qu'il m'avait commandé et jamais lu, le second a accepté le manuscrit et m'a suivi pour deux autres titres, de suspense. Cela marchait bien en vente directe sur les salons, mais il a fait faillite, ne réussissant pas à caser mes livres et ceux de ses autres auteurs dans les librairies sous le joug des grands distributeurs.

Je poursuis mes explications :

— Depuis, j'ai découvert d'autres maisons d'édition locales qui proposent des contrats à compte d'éditeur et qui se donnent les moyens de se faire connaître, mais je préfère garder ma liberté d'action. Ce qu'il faut savoir, c'est que, pour la plupart des maisons d'édition dites nationales ou régionales, la durée de vie d'un ouvrage ne doit pas dépasser sept ans, ce qui condamne des séries trop étalées dans le temps. Aussi je me suis tourné vers la troisième solution !

Mon interlocuteur reste sans voix, pourquoi refuser la tranquillité garantie par un contrat à compte d'éditeur. Lui semble jusque-là prêt à accepter cette possibilité sans la moindre hésitation, si elle s'offre à lui.

— L'autoédition. Cette formule n'est pas plus parfaite que le contrat à compte d'éditeur, elle a du pour et du contre. Dans l'esprit de beaucoup de libraires, un livre autoédité est un ouvrage bas de gamme qui n'a pas été retenu par une maison d'édition. Il est vrai qu'on trouve de tout sous cette forme, allant de l'ouvrage exceptionnel qui n'a pas été présenté au bon éditeur au bon moment à des textes incompréhensibles, bourrés de fautes d'orthographe et parfois sans intérêt autre que pour ceux qui les ont écrits. Autre bémol, pour les auteurs qui n'ont pas de numéro SIREN et ne peuvent parfois pas s'inscrire directement sur des salons, certains éditeurs en ligne proposant l'autoédition n'acceptent pas de contacts directs avec les organisateurs de manifestations littéraires. À l'inverse, beaucoup de libraires ou de grandes enseignes refusent de travailler avec cette catégorie d'éditeurs, ignorant parfois que ceux-ci acceptent des retours suite à un salon, en quantité limitée, dix exemplaires de chaque ouvrage pour BoD. En revanche, et c'est cela qui motive mon choix de travailler avec ce dernier, j'ai la certitude de faire paraître un roman l'année et le mois de mon choix, au prix que je décide, et surtout qu'il sera en permanence disponible, car archivé et prêt pour une impression à la demande. Tu vois, ma première enquête du lieutenant Grange, le Père Claude, est parue en 2017 et c'est celle que je vends le plus. Aujourd'hui encore, je rencontre toujours des visiteurs qui me découvrent et souhaitent commencer ma série par le début. Si j'étais publié sous contrat d'éditeur, combien de ventes aurais-je loupées… assez pour le regretter ! Mais tous les éditeurs en ligne n'ont pas la même ligne de conduite, il faut tomber sur un bon. J'en ai testé d'autres avant, mais le livre que tu tiens entre les mains, « Ouais, ouais ! » est mon vingt et unième titre, mon neuvième chez BoD. Je ne cherche pas à te convaincre ou à faire de la pub pour cette entreprise, c'est mon vécu et à chacun le sien. J'oubliais, autre avantage de mon éditeur en ligne, a priori pratiqué par d'autres, à condition de faire moi-même ma mise en page et ma couverture, puis de tout fournir sous format pdf : je ne paie qu'une modique somme pour le référencement de mon livre auprès des libraires et chez les grands distributeurs (FNAC, Amazon, Decitre, Cultura…) et pour l'enregistrement auprès de la Bibliothèque Nationale de France (BNF). Je n'ai aucune obligation d'achat, pas de frais autres que celui de mon option et de mes commandes éventuelles. Je regrette cependant que BoD ou n'importe quel autre éditeur en ligne ne mette pas au service des auteurs une mise en page professionnelle, qui éviterait des espaces variables parfois disgracieux en mode d'écriture justifiée.

Pardonne-moi, je t'avais promis d'être bref, mais je me suis emballé. Je ne parle beaucoup et bien que de choses que je connais, et là… J'ai déjà beaucoup appris depuis mon premier livre « Futura, ou la superposition des mondes », édité sous une autre variante de l'autoédition, puisqu'il ne s'agissait alors que d'un tirage de trois cents exemplaires papier chez un imprimeur local, que j'ai vendus ensuite tant bien que mal, sans expérience dans le monde littéraire.

— Merci Robert. Je ne sais pas encore si j'écrirai un autre roman, mais je me souviendrai de ce que tu m'as dit et peut-être que je te contacterai le moment venu, pour me lancer dans une seconde édition.

— J'espère ne pas avoir saoulé Emmanuel. J'ai été très bavard, peut-être même trop, bien que certains me jugent taiseux. Tu vois, c'est aussi cela que de venir sur un salon, c'est être à l'écoute des autres auteurs, leur parler avec sincérité, avec le cœur, c'est avoir une oreille attentive sans craindre une quelconque critique. Je n'ai pas la prétention de détenir la vérité, mais je peux faire part de mon expérience et parfois partager mes réactions, tout comme avec toi en ce moment. Je suis content d'avoir discuté avec cet auteur à une heure un peu trop matinale pour la venue de visiteurs intéressés par les livres et par la découverte des auteurs présents. Par expérience, je peux te dire que ceux qui viendront dans le créneau 10h30-12h00, aujourd'hui qu'il n'y a pas de vin d'honneur, seront majoritairement des lecteurs, pas des m'as-tu-vu !

***

À peine ai-je terminé ma phrase qu'un flux lent et silencieux de visiteurs se présente à l'entrée. Peu de couples avec des enfants, c'est signe que les auteurs pour la jeunesse ne sont pas la cible des nouveaux arrivants. C'est une aubaine pour moi, mais je sais pertinemment que l'après-midi, ce sera l'inverse. J'observe un couple qui s'arrête devant chaque auteur qu'il interroge de manière cordiale, à la vue des sourires échangés de part et d'autre des tables.

— *Des visiteurs comme je les aime. Beaucoup sont heureusement comme ce couple, mais j'ai tendance, tout comme mes amis auteurs, à les oublier très rapidement. Dans tous les domaines, notre culture et nos traditions nous ont formatés pour ne voir que le côté sombre de la vie. Comme d'autres, mais je ne crois pas que ce soit une majorité, j'essaie pourtant parfois de voir le bon côté des choses, de remercier ou de féliciter une personne pour la joie ou la satisfaction qu'elle m'a apportée. Malheureusement, dans notre société dite civilisée, un compliment est souvent pris au second degré. Le réflexe commun est de nos jours de rechercher quelle critique cachent quelques mots qui se veulent seulement être gentils. Moi-même, j'ai eu cette réaction lorsqu'une nième lectrice m'avait avoué un jour qu'elle aimait bien mes enquêtes policières, qu'elles étaient de lecture facile. Toutes les personnes qui avaient utilisé ces deux mots « lecture facile » m'apparaissaient sincères dans leur jugement. Mais qu'entendaient-elles par là, considéraient-elles que mes romans étaient des romans de gare, sans réel scénario, avec un vocabulaire limité et compréhensible de tous, ou bien reconnaissaient-elles qu'elles avaient pris du plaisir à suivre les enquêtes de mon héros ? Aussi ai-je posé la question à ma visiteuse, qu'entendait-elle par « lecture facile ». Je fus alors soulagé quand elle m'expliqua qu'elle n'avait jamais eu besoin de recourir à un dictionnaire pour comprendre certains mots, de revenir quelques pages en arrière pour suivre un scénario mal bouclé, enfin bref qu'elle prenait du plaisir à me lire et qu'à chaque fois elle avait du mal à poser mon dernier roman avant de l'avoir lu jusqu'à la fin !*

L'arrivée du couple m'interrompit dans mon analyse. Cela me fait prendre conscience que depuis ce début de matinée, la fréquentation du salon était faible et que, pour tuer le temps, je m'étalais sur des dialogues ou des monologues sans fin. Je vais corriger cela, pas question de lasser les visiteurs ou d'assommer l'un d'eux, transformé en confident invisible le temps de ce salon !

— Ce sont des polars, me lance la femme. Vos couvertures sont très belles…

— Vous me faites plaisir, car je suis autoédité et c'est moi qui les crée. J'ai choisi un visuel sur mon premier tome, que je reproduis sur chacune des autres couvertures…

— C'est bien choisi, la couverture en noir et blanc et la tranche rouge ne laissent pas de place au doute, on voit bien de quel genre de livres il s'agit. De plus, vos photos attirent le regard, certaines peuvent même faire peur à des âmes sensibles !

— Je l'admets. Certaines sont d'apparence plus menaçante que d'autres, parce que mes enquêtes ont des niveaux de violence différents. Je mets un point d'honneur à ce que mes enquêtes soient toutes différentes, avec des degrés de violence allant de 1 à 5, avec des scenarii amenant mon héros à intervenir dès le début de l'enquête ou à apparaître dans un chapitre suivant, rarement le même. Pour en revenir à mes couvertures, elles sont toutes en rapport direct avec l'enquête qu'elles illustrent, tout comme la citation que je crée pour chaque tome et que j'inclus en page 5. Rien n'est dû au hasard.

Je présente ma collection au couple, qui part après m'avoir acheté et fait dédicacer les trois premières enquêtes. La matinée ne s'annonce finalement pas trop mauvaise, j'en oublie ma contrariété de la veille et le comportement irrespectueux du trio matinal.

— *Tu vois, quand un visiteur m'achète deux livres ou plus, cela me procure une joie indescriptible. J'ai eu d'autres cas de ventes multiples, surtout après le premier confinement au moment de la Covid. J'ai vendu plusieurs fois la collection complète du Lieutenant Grange, alors composée de cinq tomes, à des gens qui redoutaient une nouvelle période d'isolement. Auparavant, en 2019, j'ai eu un lecteur qui s'est pointé à un salon quelques minutes avant l'heure officielle d'ouverture. Je l'avais déjà vu lors d'une dédicace dans une Fnac, il m'avait alors acheté mes deux premières enquêtes. Ce jour-là, il m'annonça qu'il en voulait trois et je pensais qu'il parlait de ma nouvelle enquête. Sa réponse m'a assis : « non, trois exemplaires de chaque », soit neuf livres. Il m'expliqua alors qu'il faisait partie d'un important groupe de lecteurs de thrillers, disséminé sur toute la France, et que lui et d'autres s'échangeaient des livres achetés dans leur région respective. C'est étrange, mais vendre plusieurs livres à une même personne me procure un bonheur différent si elle me les achète en une seule fois ou au fur et à mesure de leur parution. Je ne saurais te dire quelle vente me réjouit le plus, même si la première est furtive et la seconde plus ancrée dans la durée.*

✳✳✳

Deux femmes prennent la suite du couple. L'une d'elles détaille la couverture d'un de mes anciens romans, intitulé « Carole, la caladoise », posé derrière la série du lieutenant Grange. Ce livre avait connu son succès en 2003, au point que j'avais dû écrire deux autres aventures avec ce personnage tyrannique, cupide et cruel, et pourtant aimé des lecteurs. La visiteuse tend la main en direction de ce livre, sujet de sa curiosité, tandis que sa compagne poursuit son chemin. Elle me présente la couverture et me lance d'un ton réprobateur :

— Avec une photo comme ça, il ne peut s'agir que d'un livre de cul !

Complètement abasourdi par un tel propos, je parviens à lui demander :

— En quoi le portrait d'une femme peut-il vous faire croire cela ?

— Vous croyez que je ne vois pas les couvertures de deux autres romans placés à côté, qui doivent former une trilogie. Vos couvertures me font penser à la série SAS que mon défunt époux lisait. Il me racontait parfois les passages les plus durs dont il se délectait, c'était toujours du sexe, des tortures. Dire que l'auteur de ces textes a écrit de très nombreux volumes, lus par des gens pas forcément bien dans leur tête. Après, on se plaint de vivre dans une société complètement folle, qu'il y a de la violence de partout. Vous autres, auteurs, vous avez votre part de responsabilité dans ce qui se passe !

Soulagée de m'avoir craché son venin, cette vipère part sans même un regard au stand de mes voisins. Je n'avais entendu que très rarement des personnes, essentiellement des femmes, s'exprimer sur les couvertures de mes premiers romans, en trouvant parfois un titre accrocheur parce qu'il contenait leur prénom ou celui d'une connaissance. J'avais vécu des situations burlesques, mais jamais je n'avais été apostrophé de la sorte.

— Je t'avais promis de ne pas trop m'étaler sur mes souvenirs, mais cette folle qui s'en est prise à mes couvertures a ravivé des comportements parfois cocasses, que j'ai vécus avec justement « Carole, la

caladoise ». Ce roman est paru sous trois formes différentes avec des couvertures distinctes, d'abord sous contrat à compte d'auteur en 2003, sous contrat à compte d'éditeur en 2007, puis finalement en autoédition en 2013. J'en profite d'ailleurs pour te dire que des libraires et parfois des acheteurs ont accueilli ce roman d'une manière différente, selon la version proposée et la couverture, alors que le texte demeurait le même. Les traditions ont la vie dure et il existe encore des personnes qui croient que seul le contrat sous compte d'éditeur garantit la qualité d'un texte et qu'une couverture avec une femme amène forcément des textes sexistes ou torrides. Pour en revenir aux couvertures, regarde-les et je te dirai les réactions qu'elles ont engendrées.

Pour la première version de « Carole, la Caladoise »,  *les comportements des visiteurs étaient très variés. Des hommes seuls prenaient le roman dans leurs mains et observaient goulûment la couverture avant de poser des questions ou de lire la quatrième, tandis que les femmes seules s'arrêtaient rarement. La situation la plus cocasse était celle de couples dont l'homme regardait dans ma direction, mais qui se retrouvait aussitôt entrainé vers un autre stand sous la pression de sa compagne.*

Pour la seconde version, tout aussi proche du texte que la première, la couverture attirait beaucoup les adolescentes et j'ai dû refuser de leur vendre mon livre, car le texte contient des passages violents. J'ai néanmoins accepté de vendre « Carole, la Caladoise » à des jeunes ados accompagnés d'un adulte, à qui j'avais précisé que ce roman s'adressait plutôt à des personnes majeures.

Pour la troisième version, en prévision d'une réédition du second tome et en rapport avec le troisième récemment édité, j'ai décidé de faire des couvertures plus simples. J'ai bien eu quelques interrogations sur le genre du roman, certaines personnes faisant allusion à la romance qui s'affirme de plus en plus comme un genre à part entière, mais jamais une réaction aussi virulente et déjantée qu'aujourd'hui !

Enfin, si tu regardes les couvertures des trois tomes, je ne pense pas qu'elles justifient les critiques de ma dernière visiteuse !

***

De nouveaux visiteurs arrivent, certains accompagnés de jeunes enfants, de quoi réjouir Kévin. Pour moi, c'est un moment d'accalmie et j'en profite pour attirer l'attention de mon ami invisible sur l'emplacement des auteurs et sur les déplacements des nouveaux venus dans les différentes allées.

— *Dans un endroit où les tables sont alignées sur plusieurs rangées, tu constateras que quel que soit le point de départ des visiteurs, ils ont tendance à regarder avec plus d'attention les stands situés du côté qui leur sert de main courante pour sinuer entre toutes les allées. Regarde, nous sommes situés à droite de l'entrée, en milieu de rang. Tu pourrais croire que c'est bien, mais au bout de notre allée, les visiteurs vont virer sur leur gauche pour emprunter la rangée suivante, puis à la fin de cette dernière, ils vont tourner sur leur droite. Résultat, ici nous sommes moins vus que mes collègues qui nous font face. Ensuite, de nombreux visiteurs ne cherchent pas à parcourir les quatre allées du salon, certains ne font que le grand tour. D'après moi, les auteurs les moins favorisés sont généralement ceux qui sont dos aux murs, toujours situés sur l'extérieur des virages !*

***

En ce milieu de matinée du dimanche, je constate qu'une table qui devait accueillir un couple d'auteurs est encore vide. Connaissant l'identité de ces personnes, je n'en suis pas surpris et j'avoue à mon lecteur, et confident bien malgré lui :

— *Ce duo, talentueux au demeurant, est intraitable. Il arrive toujours peu avant le déjeuner et repart quand il veut, mais toujours en avance sur l'heure officielle de fermeture. Je ne l'ai jamais entendu remercier les organisateurs des salons sur lesquels nous nous sommes croisés. Je déplore le manque de respect de ce couple pour les bénévoles d'ici comme d'ailleurs, sans qui la plupart des manifestations littéraires régionales n'existeraient pas. Il a beaucoup*

de chance d'être toujours accepté, année après année,
sur les lieux de ses indélicatesses, bien que repéré par
bon nombre d'organisateurs. Je me dois cependant
d'être honnête et de ne pas trop marginaliser ce couple,
qui a toujours procédé de la sorte, d'autres en font
autant, mais de manière plus discrète. Je ne parle pas
d'auteurs qui ont eu de réels problèmes de trajet, une
longue distance à parcourir, voire une panne d'oreiller
qui peut arriver à tous, mais bien de ceux ayant
programmé leur arrivée à une heure tardive.

***

Un visiteur s'intéresse aux romans historiques de Laurent. Il n'est que onze heures, mais il semble avoir déjà pas mal consommé, à la buvette et au préalable à l'extérieur. Son haleine n'est pas un problème pour moi, mais celui de mon voisin de droite. Très intéressé par un livre qu'il tient de la main gauche, l'homme dialogue en ponctuant ses phrases de mouvements de son bras droit. Son verre de bière posé à proximité de mes livres me dérange : un mauvais geste de la part de ce visiteur et plusieurs de mes romans seront instantanément invendables. Au risque de faire louper une vente à Laurent, je dois intervenir.

— Excusez-moi, Monsieur…

L'homme ne m'entend pas, je répète d'un ton ferme :

— Excusez-moi, Monsieur, mais je vous demande de récupérer le verre que vous avez laissé sur ma table. Un accident est vite arrivé !

Le visiteur me toise, les yeux légèrement embués, la mâchoire crispée. Je dois éviter de le provoquer, mais pas question de céder. Fort heureusement, il ne cherche pas d'histoire, il prend son verre et le pose sur la table de mon voisin, moins encombrée que la mienne. Quelques instants plus tard, il part avec un livre dédicacé.

— *Tu vois, il faut parfois gérer des situations difficiles, qui peuvent très vite devenir tendues. Dans ces moments-là, il faut agir discrètement et ne pas provoquer le gêneur, ne pas attirer sur lui l'attention d'autres personnes. Ce n'est pas toujours facile. Cela me rappelle la seconde année où j'avais participé au salon mixte du vin et des livres, dont je t'ai déjà parlé. Cette année-là, j'avais eu la malchance d'être placé en début du salon et ma table avoisinait le stand d'un vigneron. La matinée s'était bien passée, jusqu'à l'approche de midi. Il y eut alors un mouvement de foule et beaucoup de personnes se regroupèrent pour déguster un panel de crémants. Le stand du vigneron n'était pas assez grand pour accueillir tous les goûteurs et certains commentaient devant moi leurs impressions sur les boissons testées. Parmi eux, quelques-uns durent trouver leur verre trop lourd ou trop encombrant et commencèrent à les poser sur ma table, sur mes livres, sans se soucier de mes objections, de mon regard incendiaire. J'ai commencé à faire des remarques, excédé par le sans-gêne de ces visiteurs. Certains en tinrent compte et reprirent leur verre sans la moindre excuse, tandis que d'autres tentèrent de profiter d'une place libérée pour poser le leur. Je suis alors passé de l'autre côté de ma table, en bousculant volontairement une ou deux personnes, surprises par mon comportement. D'un ton sec, mais sans hausser la voix, je m'adressai au petit groupe collé à ma table : "Excusez-moi, mais je dois remettre mon stand en ordre. Ce n'est pas une table de bar et je vous prie de laisser le libre accès aux lecteurs qui voudraient voir mes livres. Je vous remercie aussi de ne plus poser vos verres dessus ou à côté de mes romans, je serais désolé de devoir vous faire payer des livres dont vous auriez taché la couverture..." Bon gré, mal gré, les dégustateurs s'exécutèrent. Je pris les devants à l'arrivée d'une nouvelle vague, qui fit d'abord un pas vers ma table, mais qui recula lorsque je me plantai face à elle, le torse bombé, le regard noir et les bras croisés. Tu es en droit de croire que cette histoire est purement inventée, eh bien non, et je t'assure que c'est le genre de situation qui me déplait le plus. Dans cette sorte d'histoire, j'appréhende toujours que cela dégénère en conflit avec des éclats de voix, et que cela dissuade des lecteurs à venir jusqu'à mon stand. Fort heureusement, je n'ai jamais eu à crier, voire à pousser brutalement des indésirables qui empiétaient fortement sur mon espace. Cela m'aurait été très maléfique vis-à-vis de visiteurs ignorant tout du problème que je devais régler, et qui auraient pu me juger comme quelqu'un de peu courtois, à éviter. Beaucoup trop de personnes ignorent que dans la majorité des salons régionaux ou locaux, les auteurs paient leur emplacement et ne perçoivent aucune compensation financière pour leur déplacement, leur nourriture ou encore leur hébergement. Aussi est-il légitime pour eux de s'assurer un maximum de visibilité durant les salons !*

***

Mon regard se porte maintenant sur un couple, accompagné de jeunes enfants.

— *J'aurais été bien étonné qu'il ne s'arrête pas au niveau de Kévin. Quand des visiteurs viennent avec des petits bouts comme ce garçonnet et cette fillette, il est évident qu'ils ne viennent pas pour eux, mais bien pour leurs enfants, qui commencent parfois tout juste à lire. Les auteurs jeunesse d'aujourd'hui écrivent et dessinent pour des tranches d'âge bien précises. Moi, j'avoue, je ne sais pas faire. Je suis dans la même incapacité de réaliser des livres pour les ados d'aujourd'hui, avec leur vocabulaire particulier. J'assume mon choix, je sais que je ne suis pas prêt à sacrifier ma joie d'écrire dans les genres littéraires qui m'intéressent au bénéfice d'un genre plus porteur et moins sujet aux critiques des adultes. Crois-moi, le contenu de bon nombre de livres pour enfants, surtout pour les plus jeunes, est moins important que la présentation. Les parents sont majoritairement peu critiques sur une vingtaine ou une trentaine de pages habilement décorées par Kévin ou par d'autres, à destination de leurs chérubins, tandis qu'ils peuvent se révéler beaucoup plus exigeants pour des achats les concernant.*

Comme très souvent, le choix final du livre revient aux enfants, malgré parfois un appui insistant des parents pour un autre ouvrage. Dans le cas présent, la fillette a choisi son livre et Kévin propose une collection premier âge pour son frère, qui regarde les dessins colorés. Le couple accompagne le jeune enfant dans la découverte des histoires proposées, qu'ils devront lui lire. Durant cet instant, la gamine doit se sentir délaissée, elle commence à soulever les couvertures d'autres livres. Elle n'est pas très habile de ses mains ; l'auteur l'observe discrètement tout en poursuivant la présentation de sa collection cartonnée, plus robuste et convenant parfaitement à l'âge de son petit frère. Une fois la petite famille partie, je m'adresse à mon voisin :

— Eh bien, Kévin, tu as été chanceux. Quand j'ai vu la petite commencer à tripoter tes livres, j'ai eu peur qu'elle t'en abîme. J'ai trouvé les parents un peu limites sur ce coup…

— Tu as raison, mais cela s'est bien terminé. Ils m'ont acheté deux livres pour chacun de leurs enfants, et ils étaient très heureux de les leur donner une fois dédicacés.

La discussion s'arrête là, Kévin est de nouveau sollicité.

— *La venue d'enfants est parfois une source de soucis, pour les auteurs jeunesse comme pour les autres. C'est le cas lorsqu'on retrouve dans les salons les mêmes comportements pénibles que partout ailleurs dans la vie de tous les jours : des enfants qui crient, se* roulent par terre, des frères et sœurs ou copains et copines qui se courent après en bousculant parfois du monde, en se donnant des coups. Ces comportements me sont encore plus insupportables ici que, par exemple, quand je fais mes courses dans un supermarché. Ici je dois protéger mes livres de petits vandales irresponsables, qui ne mesurent pas la portée de leurs gestes lorsqu'ils font tomber une pile de livres, quand ils soulèvent sans ménagement des couvertures et cornent parfois une page, quand ils s'emparent de livres avec les mains collantes après avoir mangé une crêpe garnie de confiture. De plus, dans de nombreux salons, les parents sont moins sur le dos de leurs enfants qu'ils estiment en lieu sûr, puisque évoluant dans un endroit fermé. Tu verras, certains adultes discutent même ensemble sans s'occuper de leur progéniture, assimilant le local à une crèche. Il y a un cas pour lequel je suis tolérant avec les jeunes qui n'ont pourtant aucune raison de s'arrêter à ma table qui ne présente actuellement plus que des livres pour adultes, c'est lorsqu'un préado me questionne sur mes romans réservés à une clientèle plus âgée et qu'il prend en main l'un ou l'autre de mes livres pour découvrir la quatrième de couverture. Cela se passe toujours bien, même si j'ai l'impression de perdre mon temps. Je me convaincs alors d'avoir permis à mon jeune visiteur de découvrir un auteur et que ce contact sera pour lui une porte ouverte pour venir à la rencontre d'autres écrivains dans des salons, peut-être de faire germer en lui l'âme d'un grand lecteur ou d'un grand auteur !

Un homme s'arrête à mon stand. Je propose de lui présenter mes livres, en commençant par le dernier volume de lieutenant Grange.

— Je vous en ai déjà acheté un, me répond poliment le visiteur qui ne s'étale pas sur un commentaire élogieux ou critique.

Il jette un œil sur mes parutions plus anciennes, me remercie et part.

— *Tu vois, dans ce cas-là, je reste interrogatif, sur ma faim. A-t-il aimé le volume qu'il m'a acheté, l'a-t-il trouvé trop ou pas assez violent, je crains fort de ne jamais le savoir. S'il ne m'a acheté réellement qu'une enquête du lieutenant Grange, il a pu se faire une fausse idée. Je n'ai de cesse de sensibiliser mes visiteurs sur le fait que mes enquêtes sont très différentes les unes des autres, et que ce n'est pas parce qu'ils auront aimé ou peu apprécié la première qu'ils auront lue, qu'ils ressentiront la même réaction pour une seconde. J'ai constaté la même chose à la parution de mon second livre, en 2001. Je n'avais alors pas retrouvé l'engouement de mes collègues de travail à qui j'avais vendu deux cent quinze exemplaires de mon premier roman, de science-fiction de surcroît : « Futura ». Faut dire que pour ce dernier, c'était à l'époque une première que de proposer à son entourage professionnel un ouvrage autre qu'un texte sur la banque dans laquelle je travaillais ou sur la conjoncture financière du pays. J'ai appris plus tard que, parmi ceux qui avaient acheté mes deux livres, certains avaient préféré le second, allant même jusqu'à m'avouer que celui-là, ils l'avaient lu en entier. C'était assez troublant, car la trame était la même, j'avais seulement occulté ma vision de notre monde au vingt-troisième siècle. Cela aurait pu me déstabiliser, me faire abandonner l'écriture, mais ce fut à ce moment qu'un organisateur de salon littéraire m'invita à participer à sa manifestation culturelle. Ce salon de 2002, mon premier, fut pour moi une révélation : les lecteurs sont tous différents et leurs critères de sélection ne sont pas figés dans le temps. Cela s'est confirmé, j'ai pu constater au fil des années que ceux qui aimaient un genre littéraire, ou un auteur en particulier, pouvaient subitement porter leur choix ailleurs. Il y a certes le phénomène de mode qui influence les lecteurs, qui ont successivement abandonné la science-fiction pour les histoires du Moyen-Âge, ensuite pour les romans historiques sur l'Égypte, plus proche de nous pour la romance... Malgré tout, l'engouement pour les romans policiers survit à cette mouvance, avec des lecteurs qui souhaitent des enquêtes tirées de faits réels avec une préférence pour celles écrites par ceux qui les ont menées, et d'autres qui recherchent des histoires qui sortent des sentiers battus, plus originales et parfois moins glauques. Au début du second millénaire, je n'avais pas voulu me spécialiser dans un seul registre, je voulais être un électron libre, rebondir sur des thèmes qui me tenaient à cœur et qui me contraignaient à les traiter dans le genre littéraire le plus approprié... Je te remercie, mon ami invisible et lecteur, de m'avoir supporté durant une si longue tirade, jamais un humain ne m'aurait laissé m'exprimer ainsi sans m'interrompre, voire tourner les talons !*

***

Une nouvelle personne se pointe face à moi, me demande de lui présenter mes livres. D'ordinaire, c'est bon signe : la visiteuse désire découvrir de nouveaux auteurs. Cela ne m'assure pas pour autant une vente, mais pouvoir parler de mes ouvrages est déjà une grande satisfaction. Je commence par les plus récents, ma série du lieutenant Grange.

— Je suis désolée, j'ai déjà lu beaucoup de policiers, mais je recherche autre chose. J'aime lire au lit et ce genre de roman m'empêche maintenant de dormir !

— Vous n'avez pas à être désolée, vous n'êtes pas la seule et je vous comprends fort bien. C'est pour cela que je me permets d'attirer votre attention sur « Mission à Val Infini » et « Un amour mortel », que j'ai écrit tous deux en 2015, le premier étant une comédie qui se passe dans une maison de retraite, avec l'objectif de dédramatiser ce que vivent nos grands séniors et le second relatant un drame sentimental qui met en avant les problèmes que rencontrent les usagers de transport en commun pour initier puis entretenir un dialogue à l'heure où tout peut être mal interprété, surtout lorsqu'il s'agit de deux personnes de sexe opposé. Le premier livre vous fera sourire, le second plutôt couler une larme, mais honnêtement, je ne pouvais pas écrire simultanément deux comédies !

— C'est fou, comment pouvez-vous écrire deux histoires en même temps, vous ne vous êtes jamais emmêlé les pinceaux ?

— Non, mais vous savez, quand on travaille avec des collègues ou un public exigeant, le soir on a plutôt envie de mordre ou de se relaxer. Aussi choisir entre une comédie gaie et un drame sentimental se fait instinctivement, par réflexe !

— C'est très intéressant. Je n'ai jamais lu de vos livres et j'ai plutôt envie de m'amuser, je vous prends votre comédie !

— Une dédicace ?

— Oh oui, bien sûr !

— Avez-vous écrit d'autres comédies ?

— Une seule, « le livre défendu », que j'ai publiée en 2009. Malheureusement, elle n'a pas eu le succès attendu. Elle se déroulait au moment des élections présidentielles de 2007, je me moquais alors des médias qui faisaient de ce sujet un show à l'Américaine. Bien sûr que les présidentiables avaient aussi leur part de responsabilité à cette dérive politique, mais ce n'était pas le sujet que je mettais en avant. Lorsqu'elle était encore un manuscrit, je l'ai présentée à un concours dont le prix était l'édition sous contrat d'édition. Mais les choses traînaient et je me suis autoédité, je me suis donc retiré du concours réservé à des livres non édités. J'ai appris plus tard du président du jury que j'étais pressenti pour obtenir le prix, et que mon désistement était dommage. Malgré tout, j'ai vendu cet ouvrage sur mes salons et je n'ai eu que des retours positifs. Je ne le présente plus, car le simple nom de Sarkozy, mentionné sur ma quatrième de couverture et à quelques reprises dans le texte serait maintenant très mal vu. Dommage, je dois vous avouer que ce livre est celui dans lequel j'ai mis toutes mes tripes, celui avec lequel j'ai partagé des rires en l'écrivant ou en travaillant avec un caricaturiste qui me l'a illustré.[2]

---

[2] Voir annexe 1 – Le livre défendu (quelques illustrations)

— C'est bien dommage que vous ne le présentiez plus. Je suis certaine qu'il m'aurait plu. Les gens ne savent plus rire ! Je verrai néanmoins si je peux le commander chez mon libraire, sait-on jamais !

— *Tu vois, je viens de vivre un grand moment, celui où une inconnue rejette mes policiers, mais s'intéresse à mes autres et repart avec l'un d'eux, « Mission à Val Infini ». La spontanéité avec laquelle elle a accepté ma dédicace me rappelle une petite anecdote qui s'est passée, elle, hors salon. J'étais alors chez une ostéopathe pour un problème de douleur et durant la consultation, j'en étais arrivé à lui dire que j'écrivais des romans. J'avais avec moi des exemplaires de « Un amour mortel » que j'avais récupérés chez un libraire. Elle m'en a pris un, que je lui ai dédicacé. Lorsque je suis retourné quelques mois plus tard chez cette professionnelle, elle m'a spontanément avoué qu'elle avait bien aimé mon roman et qu'il trônait sur sa table de chevet. « C'est le premier livre dédicacé que j'ai » m'avait-elle dit avec*

une certaine reconnaissance. Depuis 2015, mon livre a certainement quitté sa table de chevet... Elle me suit sur les réseaux sociaux et achète les enquêtes du Lieutenant Grange au fur et à mesure de leur sortie. Je ne sais pas si c'est pour elle ou pour son père, fan de polar, mais c'est un bonheur et un encouragement pour moi d'être ainsi suivi.

***

Un homme déjà âgé se penche sur les couvertures du lieutenant Grange, se redresse et me dévisage, d'un regard persan.

— Ce sont des romans historiques, de la seconde guerre ?

— Non, pas du tout, ce sont des histoires purement inventées, qui se passent de nos jours !

— Ah…

La déception se voyait sur son visage.

— À voir vos couvertures en noir et blanc, j'ai cru qu'il s'agissait de romans tirés de faits réels, j'étais sous les ordres d'un lieutenant Grange en 1943. Vous avez choisi le nom de votre héros au hasard ?

— En partie. Disons que je voulais, pour la crédibilité de ma série, que cet homme soit de souche française, issu d'un milieu semi-rural. De là m'est venu spontanément son nom, en rapport avec la ferme, les terres… J'avoue que je n'ai effectué aucune recherche pour savoir s'il a existé, ou existe encore, un lieutenant Davy Grange. J'aurais pu préciser que toute ressemblance avec des personnes existantes ou ayant existé serait fortuite, mais très objectivement, notre discours serait resté le même, puisque vous n'avez ni ouvert mon livre ni lu la quatrième de couverture. Je crois que les lecteurs ne sont plus sensibles à ce genre d'annonce, pour eux la seule information cruciale est celle que vous m'avez réclamée spontanément.

— En tous cas bravo, vous semblez avoir beaucoup d'imagination. C'est un don inestimable !

— Vous savez, nous avons tous la possibilité d'imaginer, c'est tangible dès l'enfance en observant des nuages et en découvrant ici une tête de cheval, là un champignon.

— Vous êtes encore de la génération où vos yeux vous servaient à autre chose qu'à fixer un écran…

— Vous n'avez pas entièrement tort ! Mais l'imagination ne fait pas tout, parfois il faut prévoir des situations inattendues pour pousser les lecteurs à réfléchir sur des problèmes plus ou moins graves. C'est le cas d'un de mes romans dans lequel personnage principal et auteur dialoguent[3], c'est encore d'actualité avec « Ouais, ouais ! » !

---

[3] - Voir annexe 2 – La revanche de Duplik (extrait)

L'homme hoche de la tête, me remercie et part.

— *J'ai cru un instant qu'il allait me vampiriser, me faire perdre mon temps à écouter ses souvenirs de guerre en compagnie de son lieutenant Grange. Heureusement, ce n'était pas le cas. J'aurais bien aimé le convaincre que l'imagination est ancrée en chacun de nous, mais qu'elle a besoin d'être stimulée, entraînée. Je ne connais personne qui mette en doute l'existence de l'âme prônée par diverses religions, pourtant elle n'est pas plus palpable que l'imagination alimentée par un minimum de curiosité et d'observation...*

Jour 2, après-midi.

En ce dimanche après-midi, la fréquentation du salon est plutôt bonne, de quoi redonner le sourire à quelques auteurs jusque-là faisant triste mine. Quelques trentenaires et quadragénaires sillonnent les allées et donnent un air de jouvence à la salle visitée par de nombreux seniors et grands seniors. Une mamie m'adresse un petit sourire en coin et se plie en deux, au niveau de mes exemplaires de « Mission à Val Infini ». Elle caresse alors délicatement la couverture, prend le livre entre ses mains, l'ouvre et inspire à plusieurs reprises.

— Jeune homme, vous devez vous poser des questions à mon sujet. J'aime autant les livres que les histoires qu'ils racontent. Pour moi, chaque livre est une œuvre d'art et je m'intéresse en premier lieu au contact ressenti en promenant mes mains sur sa couverture, ensuite sur le toucher et l'odeur du papier, enfin sur la grosseur des lettres. Ce n'est qu'une fois satisfaite de ces premiers critères que je décide si je vais l'acheter ou non, suivant le genre littéraire et le sujet traité. Je n'ai aucun a priori contre des auteurs peu ou pas connus. Ce livre à la couverture colorée me plait beaucoup, mais j'ai bien l'impression que vos autres ouvrages, à la couverture résolument agressive, remporteraient aussi mon adhésion. Je ne peux pas tout acheter, parlez-moi donc de « Mission à Val Infini » !

Je révèle l'intrigue qui n'a rien d'un roman policier, bien que le début commence avec une série de décès inexpliqués dans la maison de retraite Val Infini. Je vois mon interlocutrice pincer ses lèvres et froncer son nez. Je poursuis alors d'un ton enjoué : rassurez-vous, cette situation ne va pas durer et mon héros, jeune informaticien au chômage, va tout faire pour enrayer ce début d'hécatombe, néfaste à la renommée de la maison de retraite. Sans exagération de ma part, je peux vous dire qu'il faut rapprocher mon livre des films muets, pour la plupart, avec des tartes à la crème, style Laurel et Hardy. Une personne qui a présenté mon livre lors d'un apéro-livre, rencontre littéraire ouverte à tous et animée dans un café autour d'une collation, a même déclaré que c'était du Walt Disney, avec un début triste et une fin joyeuse !

— Votre livre n'est donc pas une critique ou un reportage relatant fidèlement la vie dans un lieu aussi austère qu'une maison de retraite !

— Non, bien sûr. Je ne suis pas fait pour le reportage ou la biographie. Je suis un peu comme un patineur sur glace qui excellerait pour les figures libres, mais qui échouerait pour les figures imposées. Mon vœu, lorsque j'ai écrit ce roman, était de détendre l'atmosphère, d'amuser en premier lieu des retraités, en leur faisant vivre une aventure complètement déjantée. Cela a marché, même auprès de lecteurs plus jeunes, au point que j'ai dû recommander des exemplaires de ce roman que je ne souhaitais plus présenter sur les salons, par manque de place !

— Vendu !

— Souhaitez-vous une dédicace ?

— Non, car si j'ai vraiment aimé votre livre, il va circuler ensuite de main en main. C'est ma façon de remercier des auteurs de talent, parfois méconnus. Cela ne vous lésera d'aucune manière, car les personnes qui vous découvriront après moi n'achètent pas de livre. Beaucoup d'entre elles ont déjà du mal à boucler leur fin de mois, mais j'estime que la culture doit arriver jusqu'à elles. Et puis, il en existe bien deux ou trois parmi ces lectrices qui ont assez d'influence au niveau de leur médiathèque pour leur parler de vous, voire pour leur demander d'acheter vos romans !

— Certains jours, je suis sur un petit nuage. Parler avec des lecteurs curieux et découvrir comment ils fonctionnent, c'est tellement instructif. Jamais je n'aurais cru qu'une personne établisse des critères à respecter pour acheter un livre. Cette mamie, je pense que tout au plus une génération nous sépare alors que j'approche des soixante-dix ans, m'a complètement époustouflé avec son petit rituel. Ceci dit, je n'avais encore jamais reçu un refus pour dédicacer un livre, autre que pour le motif que c'était pour un cadeau futur et que le destinataire n'était pas encore choisi. Parfois une bibliothécaire m'a demandé une dédicace assez neutre, du style « je vous souhaite une très bonne lecture, cordialement » pour ses adhérents qui liront les uns après les autres mes romans, ce qui est très compréhensible. Tu vois, même après vingt-trois

années de salons, je peux être encore surpris lors d'un échange, d'un dialogue avec des personnes courtoises !

***

Un homme s'adresse à moi, les mains posées à plat sur deux de mes romans, le buste penché en avant. Portant une chemise hawaïenne très colorée, son allure ressemble à celle d'un personnage tout juste sorti de la série télévisée Magnum. Je ne comprends que la moitié des mots qu'il prononce, certes je suis un peu dur d'oreille, mais je ne suis pas habitué à un langage mêlant patois aindinois, verlan et quelques phrases de langue française. Il réalise que je ne suis pas un bon interlocuteur pour lui et s'adresse ensuite à mon voisin Laurent. Je le surveille du coin de l'œil et je m'aperçois qu'il se trouve dans la même galère que moi quelques minutes plus tôt.

— Ce gars m'en rappelle un autre : même tenue faussement décontractée avec une chemise très colorée et un pantalon blanc. Ce souvenir me ramène en 2002, à l'époque de mes premiers salons. Cela se passait dans un village des Pierres Dorées[4], en extérieur. Chaque participant avait apporté son parasol, sa table et sa chaise. Se côtoyaient auteurs, artistes, bouquinistes, vendeurs de hot-dog. J'étais positionné en première place, face à une église et en contrebas d'une route exceptionnellement fermée à la circulation. Ce fut alors que j'aperçus une Porsche Carrera noire stopper à

---

[4] Région s'étalant du Beaujolais au Mont d'Or, au nord-ouest de Lyon

mon niveau, malgré l'interdiction de rouler à cet endroit. Un homme baraqué en sortit et se dirigea directement sur moi. Malgré sa démarche révélant une personne volontaire, il n'exprimait aucun signe d'agressivité. « vous avez édité vous-même vos livres ? » me lança-t-il sans même ouvrir le dialogue avec un banal bonjour, puis il reprit : « vous êtes autoédité, comment avez-vous fait ? ». Surpris par ses questions, je lui relatai comment j'étais passé de l'autoédition pour mon premier recueil au compte d'auteur pour le second. « combien cela vous a coûté, en êtes-vous satisfait ? ». Je lui affirmai que je n'avais alors pas encore assez de recul pour faire un bilan de mon vécu en tant qu'auteur, pour lui donner des conseils. Contrarié par cette réponse, il m'annonça : « je sors de prison, j'ai commis des actes répréhensibles, des meurtres sur contrat. Mais j'ai payé ma dette à la société et je veux publier ce que j'ai vécu, co-écrit avec mon propre frère qui m'a arrêté. Je ne lui en veux pas, il n'a fait que son métier ! ». Cette entrevue n'avait rien de banale, comment ne pas m'en souvenir. Cet homme m'avait choqué lorsqu'il considérait que sa dette à la société était réglée, que faisait-il des victimes, des familles endeuillées. Comment pouvait-il croire que quelques années passées en prison effaceraient leur douleur et les conséquences de ses gestes ? Plus tard, lui et son frère furent les têtes d'affiche d'un salon auquel je participais à l'organisation. Ce fut très bizarre de les rencontrer tous les deux, d'autant plus que leur roman avait fait un carton et qu'il avait été adapté au cinéma, en France sous le titre « Les liens du sang » et à l'étranger sous d'autres titres.

***

Je surveille depuis la veille un homme qui se balade dans la foule, qui s'arrête parfois devant un stand désert et discute avec l'auteur. Je le connais de vue, je sais qu'il est pigiste pour un journal local et qu'à chaque salon il tire le portrait de quelques écrivains nouveaux venus.

— *Tu vois ce reporter, il passera bientôt vers nous pour me saluer, mais il ne fera pas de photo de moi. Cela fait trop longtemps que je viens ici et le rédacteur du journal ne lui accorde jamais beaucoup de place pour cet événement, moins couru des visiteurs que les rencontres sportives. En d'autres lieux, j'ai eu droit à un article, comme dernièrement à Lagnieu après le marché de Noël. C'est très flatteur pour mon ego, même si les journalistes ne jouent pas toujours entièrement le jeu. J'ai beau réclamer que l'article n'utilise que mon pseudo d'auteur et non mon état civil, qu'il ne décrive pas de manière précise mon parcours professionnel, il y a trop souvent des loupés. Les premiers n'attirent pas l'attention de mes lecteurs qui ne me connaissent que sous mon pseudo de Robjak, les seconds auraient pu me créer des problèmes durant ou après mon activité professionnelle.*

***

J'observe quatre jeunes femmes qui pénètrent ensemble dans la salle. Après quelques pas et un signe de tête semblant indiquer l'endroit où elles doivent aller, elles se séparent et s'engagent dans des allées différentes. Chacune d'elles progresse à son rythme, en faisant mine de s'intéresser à quelques auteurs ou à leurs œuvres. Il semble évident que ces visiteuses cherchent à attirer l'attention sur elles. Je dois avouer que cela marche et je regrette presque de ne pas avoir intéressé l'une d'elles. Inoccupé pour l'instant, je suis la progression de ces femmes. En voilà une qui semble jouer une saynète publicitaire que je suis, d'un œil amusé. Je suis trop éloigné pour entendre sa conversation et pour voir tous les détails de son « one woman show ». Après s'être penchée sur le dernier roman de Thomas, offrant à ce dernier, auteur de romance, une vue que j'imagine très plongeante par le large décolleté de son bustier très ample, elle saisit un livre, puis se redresse très lentement. Elle lit la quatrième de couverture, et colle ensuite le roman contre sa poitrine, puis elle se balance d'un pied sur l'autre. Elle entre alors en grande discussion avec Thomas, qui ne semble pas du tout perturbé par son manège, contrairement aux visiteurs proches de son stand. Une seconde femme arrive et reproduit pratiquement la même mise en scène. L'auteur semble maintenant dialoguer avec les deux visiteuses. Le ton est monté d'un cran et tous les trois ébauchent de grands sourires. Je perçois des éclats de rires cristallins. Le manège continu avec l'arrivée de la troisième puis de la quatrième femme. Le petit groupe réuni obstrue en partie le passage dans l'allée, et déborde de temps à autre sur les stands des auteurs voisins. Sans surprise, la vue de ces quatre visiteuses très gracieuses et leur nombre attirent des curieux qui se laissent prendre au piège et feuillètent les romans de Thomas. Cela fait boule de neige, tandis que les premiers acheteurs attendent leur dédicace, d'autres amorcent une file d'attente.

— *Encore une situation particulière que tu n'aurais sans doute jamais imaginée. Je connaissais un grand médecin, spécialiste des problèmes digestifs, qui procédait de la même manière déjà en 2002, lors de mes premiers salons, mais certainement depuis plus longtemps encore. Une demi-douzaine de groupies le suivait sur tous ses salons. Comme les quatre femmes présentes aujourd'hui, elles sillonnaient les allées en cherchant à attirer sur elles l'attention des visiteurs et les incitaient, par voie de conséquence, à s'intéresser à ce qu'elles aimaient et à s'arrêter dans leur sillage sur le stand de cet auteur. Argent, sexe, attirance physique ou charnelle, je ne sais pas ce qui motivait ces pseudo admiratrices à jouer la comédie pour cet homme, mais elles le faisaient avec beaucoup d'ardeur. Ce dernier avait compris une chose importante, qu'il concrétisait avec ce stratagème quelque peu malhonnête : la foule attire la foule. Nous sommes tous sensibles à cette réaction, qui n'a pas déjeuné dans un restaurant avec une salle ou une terrasse fortement remplie, faisant fi d'un autre établissement quasiment désert ? Ne crois pas pour autant que cet auteur était un visionnaire, d'autres avaient déjà constaté cet état de fait, ce réflexe irraisonné, bien avant lui et utilisaient ou utilisent sciemment cette entourloupe, allant même jusqu'à offrir le transport à leurs sympathisants pour des meetings politiques. Parfois, lorsque nous avons peu de visiteurs, des amis et moi nous regroupons devant le stand de l'un d'entre nous pour discuter, mais nous ne sommes ni une foule ni très attrayants, aussi, nous ne générons que très rarement des ventes dans ces moments-là. Nous ne sommes pas des commerciaux et nous refusons la vente forcée, de quelque manière qu'elle soit. Nous sommes des auteurs, droits dans nos bottes, fiers et heureux d'être lus et appréciés par des lecteurs. Nous n'avons aucune rivalité entre nous, aussi nous nous éclipsons dès que des visiteurs semblent marquer le moindre intérêt au stand devant lequel nous dialoguions, en laissant l'ami concerné présenter ses ouvrages.*

***

L'après-midi touche à sa fin. Une femme s'approche de moi, accompagnée d'une adolescente. Elle me sourit gentiment, cela fait la seconde fois que je la vois cette journée. Elle était déjà passée au moment où je discutais avec la mamie qui promenait ses doigts sur la couverture de « Mission à Val Infini ». Elle avait attendu quelques minutes puis était partie, mais elle revenait maintenant, sûr qu'elle voulait me parler !

— Je vous ai acheté « le Père Claude » l'année dernière, après l'avoir lu à la médiathèque de Chazey, quand vous l'avez déposé pour les adhérents. Je ne vous connaissais pas encore, et j'avais accepté de mettre votre livre en rayon, parce que vous étiez un auteur local, tout fraîchement installé dans cette commune.

— Oui, je me souviens de vous, mais je ne vous vois plus à Chazey…

La visiteuse m'explique pourquoi et m'avoue une nouvelle fois qu'elle a bien aimé la première enquête du lieutenant Grange, puis m'achète la seconde « les liens du sang ». Je la mets en garde, avec une pointe d'humour :

— Je suis très content de vous revoir, mais attention… Je dis souvent à mes lectrices et à mes lecteurs que, dès qu'ils achètent la troisième enquête, ils deviennent accros à cette série.

Mon acheteuse sourit. A-t-elle déjà atteint ce stade, l'avenir me le dira ! Le salon pourrait fermer ses portes sur cette venue inattendue et tellement réconfortante. Je suis comblé, et j'ai maintenant dépassé mon record de vente sur deux journées de salon. Je ne vois pas quoi espérer de plus !

— *Peux-tu comprendre ce que je ressens en ce moment ? Durant ce weekend, des voisins ont fait le déplacement jusqu'ici pour m'acheter des livres, certains mettaient les pieds pour la première fois dans un salon littéraire. Maintenant, une ex-bénévole de la bibliothèque de Chazey m'achète un second tome du lieutenant Grange, déposé lui aussi dans son ancien lieu de travail. À ce jour, je ne connais aucune autre bibliothécaire qui m'ait acheté un livre après l'avoir lu sur place. De cela, je la remercie vivement. Des bibliothécaires, j'en ai rencontré un certain nombre sur les salons ou lors de dédicaces, mais la plupart d'entre elles ne m'ont jamais acheté des livres à titre personnel, préférant lire ceux qu'elles sélectionnaient par le biais de leur médiathèque. Hier encore, elles pouvaient régler leurs achats directement, en espèces ou avec un chèque, en demandant une facture manuscrite. Aujourd'hui elles n'ont plus la même liberté d'action pour acheter des livres. Pour des problèmes de comptabilité indépendants de leur volonté, elles ne doivent acquérir que des ouvrages auprès d'auteurs pouvant produire certains justificatifs, ce qui exclut une bonne partie des auteurs autoédités. Il existe bien une astuce pour acheter malgré tout certains livres réclamés par leurs adhérents, mais je ne la dévoilerai pas ici.*

Jour 2, épilogue.

— Notre voyage s'arrête ici. Tu auras apprécié, du moins je l'espère, notre complicité de deux jours durant. Peut-être te demandes-tu encore la finalité de ce court ouvrage. Il ne s'agit pas de narcissisme de ma part, je désire seulement que les visiteurs qui pénètrent dans un salon du livre, un salon littéraire ou une foire aux livres (personnellement, j'aime moins cette dénomination pouvant porter confusion avec une brocante), ne s'étonnent pas de se retrouver face à des écrivains jeunes ou vieux, joviaux ou tristes, bavards ou taiseux, prolifiques ou auteur d'un seul ouvrage...

Certains visiteurs aiment découvrir qui se cachent derrière les auteurs. Pour ma part, je ne m'étale jamais sur ma vie privée, pourtant très agréable. Par contre, au fil des ans, je me suis ouvert à toutes les questions qui ont rapport avec mes motivations pour écrire, la diversité de mes choix de genre littéraire, le temps d'écriture pour tel ouvrage. Je réponds aussi sans fausse pudeur aux interrogations sur l'âge que j'avais pour mes premiers écrits (publiés ou non), ainsi qu'à toutes celles abordées dans cet ouvrage.

Il y a des choses que je ne t'ai pas dites précédemment, mais que je juge opportun de te signaler. Je limite mon propos aux auteurs qui écrivent par plaisir, pour être lu et apprécié ; j'exclus, et c'est mon choix personnel, les écrivains professionnels, les personnes ayant choisi ce moyen d'expression comme palliatif ou dans un but purement mercatique. Tout d'abord, derrière chaque homme et chaque femme qui écrivent se cachent le plus souvent des êtres qui n'ont pas l'esprit des agents commerciaux, aussi leurs participations à des événements culturels, à des dédicaces dans des librairies, à des enseignes comme Cultura, sont pour eux une nécessité pour se faire connaître, mais aussi une source à la fois d'espoir et de stress, parfois de doute. Certains sont cependant plus à l'aise que d'autres face à un public imprévisible. Les visiteurs ne peuvent pas imaginer le travail que doivent faire sur eux-mêmes ces amoureux de la langue française, ces faiseurs de rêves. Pour te donner une idée, lors de mes premiers salons durant lesquels je devais parler de mes deux premiers romans (Futura ou la superposition des mondes et Le passage), je m'étais préparé une présentation orale que je récitais ensuite sur mon stand. Il m'était alors très difficile de répondre à une question imprévue, puis de rebondir ensuite sur mon texte. De même, je murmurais des bonjours souvent restés sans suite. Depuis, j'ai appris qu'un sourire, que des paroles prononcées un peu plus fort sont déclencheurs de dialogues. Mais j'estime que les visiteurs doivent pouvoir se promener librement dans un salon du livre, aussi je ne chercherai jamais à faire de la vente forcée. Contrairement à une minorité d'auteurs qui nuit au rapprochement entre écrivains et amoureux des livres, je n'interpellerai jamais les visiteurs, leur tendrai un marque-page « gratuit », un exemplaire de mon dernier livre, voire leur proposerai des bonbons, des messages secrets à lire, une réduction sur le second livre acheté !

J'ai été très heureux de partager avec toi des moments forts, et j'espère que toi aussi, tu as apprécié cette aventure inédite que je t'ai imposée. Je doute que tu revives pareille expérience avec d'autres auteurs. Je t'invite à lire les annexes de cet ouvrage, et surtout je te souhaite de rencontrer, puis de lire, de très nombreux livres d'auteurs souvent méconnus. Parmi eux se cachent forcément quelques écrits qui te combleront.

Annexes

Le livre défendu.

Il s'agit de l'histoire d'un romancier en mal de renommée, qui souffre du rôle des médias lors des élections présidentielles de 2007. Il ne supporte plus d'entendre parler de Nicolas Sarkozy, de la France coupée en deux entre les Bleus et les Roses. Il décide alors d'exprimer sa révolte dans un roman, qu'il doit écrire en cachette de sa femme, véritable groupie de cet homme politique qui remportera les élections. Il imagine une histoire avec un héros à l'opposé de lui, un ex-employé d'une usine de jouets en bois, chômeur suite à la fermeture de son entreprise. Ce dernier relooke les jeux de société en mettant en scène les présidentiables de 2007 et les grands dirigeants internationaux. D'où un aperçu des caricatures créées spécialement pour cette comédie, dans la seconde partie du roman intitulée « J'ai créé Sarko ™ ». Le roman en contient bien d'autres, amusement garanti !

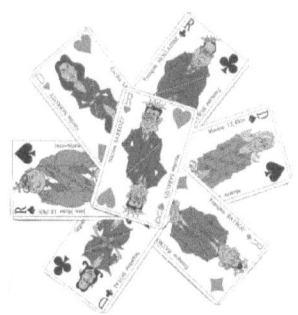

La revanche de Duplik.

À l'instar d'Alfred Hitchcock qui apparait en ombre dans ses films, j'ai créé un dialogue avec mon héros Lex Duplik, qui a créé secrètement des clones humains et moi, afin d'alerter les gens sur les risques d'une telle avancée scientifique.
Robjak.

Chapitre 7 (extrait)

… Les journées de recherches que Lex venait de passer l'avaient isolé du monde extérieur et il ressentait maintenant le besoin de contacts humains. En parcourant son courrier électronique, il tomba sur un message de la Vague des Livres en Beaujolais qui annonçait un apéro-livre avec le romancier Robjak, sur le thème du clonage humain. Cette invitation tombait à-pic, Lex aimait bien cette association et le sujet abordé n'était pas pour lui déplaire. Imaginez-vous un seul instant à sa place, seriez-vous un bon auditeur indulgent avec l'auteur qui ne peut pas connaître le sujet abordé aussi bien que vous ou feriez-vous état de votre supériorité pour rétablir des vérités peut-être bafouées par méconnaissance ? Fort heureusement, l'auteur avait pris la précaution d'annoncer qu'il avait écrit un roman et non une thèse, que la teneur de son œuvre était la mise en garde contre des dérives possibles d'une exploitation commerciale du clonage humain. Le président de l'association dévoila à son tour quelques passages de "Carole, la Caladoise" puis questionna le romancier avant de passer la parole aux spectateurs. Lex allait intervenir lorsqu'une femme demanda à Robjak ce qu'il pensait des grossesses gémellaires.

— J'ai la ferme conviction qu'il s'agit là d'accidents de la nature, répondit ce dernier. Si l'on en croit nos anciens, il paraîtrait que chaque grossesse débutait avec deux embryons et que seul le plus résistant parvenait à naître. C'est une croyance infondée et les généticiens diront aujourd'hui que la grossesse gémellaire résulte de la fission, de la cassure de l'ADN lors de l'ovulation. Et quand cette division aléatoire survient, elle crée deux entités au sein d'un même œuf. Je ne vois pas comment on pourrait dire qu'il s'agit alors d'une grossesse normale !

— Merci, ironisa la femme, je suis heureuse d'apprendre que je suis une erreur de la nature !

— Une bien belle erreur ! renchérit Robjak.

— Je n'ai pas lu votre roman, s'excusa Lex, mais j'ai cru comprendre que vous vous éleviez contre les risques de dérapages, de mauvaises utilisations qu'une société ou qu'une nation malveillante pourrait faire de la commercialisation de clones humains. Ne pensez-vous pas que cela pourrait au contraire amener un mieux pour l'Humanité ?

— Si je me positionne à la place d'un malade qui souffre terriblement et qui n'a aucune chance de guérison, que le clonage soit pour moi la possibilité de transférer, mais là c'est encore de la fiction, de transférer disais-je mon mental intact dans un corps en bon état, je ne pourrais qu'être favorable au clonage humain. Mais nous n'en sommes pas encore là et rien ne prouve que mon mental accepterait un nouveau corps sans réminiscence de son vécu dans son ancien corps…

— C'est en effet de la fiction, répondit Lex surpris par la lucidité de l'auteur, mais je pensais à un clonage parfait, où le nouvel être remplacerait l'ancien. Un clone parfait devrait avoir le même mental que son modèle au moment de sa création…

— Cela relève de l'utopie, vous ne parlez plus de clonage pour lequel s'ensuivent une grossesse intra ou extra-utérine et une croissance décalée entre le modèle et son clone, vous parlez plutôt d'une duplication, d'une photocopie en 3 D des éléments externes et internes d'un sujet…

— Aujourd'hui, "OGR" produit des mètres de peau à partir de l'ADN d'un patient ou encore des organes internes, ces créations ont l'âge de leur modèle, ce sont des photocopies en 3 D, pour reprendre votre image, alors pourquoi ne pas imaginer qu'un jour les organes seront tous reproduits et regroupés pour former une copie sans faille du modèle ? révéla Lex.

— Je ne suis pas croyant, mais je prie tous les dieux qui peuvent exister pour que cela n'arrive jamais, rétorqua Robjak, sinon qu'adviendrait-il de l'Humanité, de nous tous ?

— Remplacer un malade par un bien portant n'a rien d'horrible, s'étonna Lex.

— Bien au contraire, ce serait la fin de l'Homme. Je sais que nous autres, romanciers, faisons souvent figure de visionnaires et que les scientifiques se moquent de nous avant de s'inspirer parfois de nos visions. Mais croyez-moi, il ne faut pas qu'un clone puisse remplacer un jour son modèle. Prenons l'exemple d'un homme malade puisque cela semble vous interpeler, Robjak regardait Lex droit dans les yeux, supposons qu'il ait un clone en bonne santé : que de problèmes à résoudre ! Faut-il supprimer le modèle et le remplacer par son clone qui aura un petit décalage dans le temps avec son modèle, car le vécu des deux êtres se sera différencié à partir de la réalisation du clonage. Ignorons ce détail pourtant très important, qui décidera du remplacement : la sécu à partir du moment où les frais de santé deviennent trop importants, la personne concernée elle-même, la famille de cette dernière ? Et que penser ensuite de la Mort si chaque homme peut être remplacé une fois, deux, indéfiniment ? Autre problème de bioéthique : si l'on trouve normal de remplacer un être malade par son clone, doit-on accepter de supprimer l'original ? Dans notre pays où l'euthanasie est encore prohibée, je conçois mal la suppression physique d'une multitude de malades. Ce serait aussi absurde de doubler une partie de la population mondiale en conservant les modèles, d'autant plus absurde qu'ils continueraient à souffrir et que la création de leurs clones se révélerait inutile ! Je ne sais pas, monsieur, si j'ai bien répondu à votre question mais, comme vous aurez pu le comprendre, ma conviction est que l'Homme doit rester à sa place et ne pas tenter de jouer son avenir pour des raisons qui peuvent paraître nobles, mais qui seront immanquablement détournées à des fins spéculatives !

— Merci pour votre exposé, répondit Lex profondément ému. Votre vision est très pertinente et j'ajouterai que je suis aussi convaincu que vous de l'inutilité d'un clonage humain à grande échelle.

— Une dernière question ? demanda le président de l'association. …Puisqu'il n'y en a plus, je vous convie au verre de l'amitié. Vous pourrez aussi acheter "Carole, la Caladoise " et faire dédicacer ce formidable roman par son auteur !

Bibliographie

Titre	Année	Genre	Éditeur
Ouais, ouais !	2025	comédie	BoD
Lieutenant Grange – Liaisons dangereuses	2024	thriller	BoD
Lieutenant Grange - Mort en eau trouble	2023	thriller	BoD
Lieutenant Grange - Règlements de compte	2021	thriller	BoD
Lieutenant Grange - Amour et gloire	2020	thriller	BoD
Lieutenant Grange - Crime et châtiment	2019	thriller	BoD
Lieutenant Grange - Les liens du sang	2018	thriller	BoD
Lieutenant Grange - Le Père Claude	2017	thriller	BoD
Adieu tiroir	2017	nouvelles	BoD
Mission à Val infini	2016	comédie	Bookelis
Un amour mortel	2015	drame sentimental	Bookelis
La revanche de Duplik	2012	suspense	Edilivre
Hold-up	2010	policier	Edilivre
Le livre défendu	2009	comédie	Edilivre
Carole, qui es-tu ?	2007	suspense	Bookelis
H5N1, le virus envahisseur	2006	catastrophe	HDP
Périls	2005	catastrophe	J. André
ILS - Hold-up à la RoadInternational Bank	2004	policier	Manuscrit
Carole, la Caladoise	2003	suspense	Bookelis
Le Passage	2001	suspense	MDE
Futura, ou la superposition des mondes	1997	SF	XX mars